AF210898

Ein Spackel namens Rudi

Maya Lichtenberg

Bibliografische Information der Deutschen Nationalbibliothek:
Die Deutsche Nationalbibliothek verzeichnet diese Publikation
in der Deutschen Nationalbibliografie; detaillierte bibliografi-
sche Daten sind im Internet über http://dnb.dnb.de abrufbar.

© Maya Lichtenberg 2016
Korrektorat / Satz: © Stefan Stern – www.wortdienstleister.de
Gestaltung: © NaWillArt-CoverDesign
Motiv: © TeddyandMia – stock.adobe.com

Herstellung und Verlag: BoD – Books on Demand, Norderstedt

ISBN: 978-3-8370-0703-9

Inhaltsverzeichnis

Bildungsurlaub ohne Urlaub

Ella fühlte sich nicht als arme, ausgebeutete Anwaltssekretärin, trotz ihres geringen Gehalts und der vielen unbezahlten Überstunden. Sie half anderen gerne, auch wenn man ihr nie half.

Ihr Chef, Hans-Jürgen Winterkorn, nutzte dies schamlos aus mit der Rechtfertigung, dass sie schließlich in einer renommierten Firma in einer aufregenden Stadt arbeite. Dabei handelte es sich lediglich um eine stinknormale Rechtsanwaltskanzlei in Berlin, die diese Lobeshymnen nicht verdiente.

Ellas Kollegen waren ausschließlich Anwälte, die den ganzen Tag in dunklen Anzügen herumliefen und wichtige Klienten empfingen. Ihre Kolleginnen waren ausschließlich Assistentinnen, die ebenfalls so wenig verdienten, dass sie sich keine schicken Kostüme leisten konnten und so mit ihrer Arbeit beschäftigt waren, dass sie selten mehr Zeit hatten als für ein kurzes Schwätzchen bei einem Kaffee.

Von ihnen allen hatte Ella das ganz große Los gezogen: Sie durfte für Hans-Jürgen persönlich arbeiten. Sogar spätabends und am Wochenende, und das schon seit über zehn Jahren.

Kein Wunder, dass sie mit Mitte dreißig immer noch Single war und kein Privatleben hatte. Sie sah eher durchschnittlich aus, fand selten Zeit für einen Friseurbesuch und kleidete sich nicht gerade modisch. Wann hätte sie jemanden kennenlernen sollen? Hans-Jürgen war Mitte fünfzig und behandelte sie von oben herab, die anderen Anwälte waren noch arroganter, und die Klienten rauschten so schnell an ihr vorbei, dass sie kaum einen Blick auf sie erhaschen konnte. Privat ging sie kaum aus, weil sie niemanden hatte, mit dem sie etwas unternehmen konnte, und meistens so erschöpft war, dass sie am liebsten im Stehen eingeschlafen wäre.

Wann war ihr ihre Lebensfreude abhandengekommen? Als Kind war sie ganz anders gewesen und hatte viele menschliche und tierische Freunde gehabt, daran erinnerte sie sich ab und zu noch dunkel.

Aber sogar Ella hatte den ihr gesetzlich zustehenden Mindesturlaub und musste diesen nach dem Bundesurlaubsgesetz nehmen, obwohl die Firma es selbstverständlich lieber gesehen hätte, wenn man Urlaub verfallen ließ. Hans-Jürgen hatte ihr immerhin jovial geraten, das Angenehme mit dem Nützlichen zu verbinden und ein Seminar zu besuchen, um sich während ihres Urlaubs weiterzubilden.

Deshalb stand sie eines schönen Frühlingstages auf einem brandenburgischen, zu einem Seminarhotel umgebauten, Gutshof. Das Angebot hatte sie über ihre Krankenkasse erhalten, welche die von ihr gewählten Kurse – morgens Bewegung, vormittags Ernährung und nachmittags Stressbewältigung und Entspannung – jeweils bezuschussen würde. Wenn schon, denn schon, hatte Ella gedacht und sich das volle Programm gegeben. Schließlich hatte sie sich in den letzten Jahren stress-, frust- und schokoladebedingt einige Pfunde zu viel angefuttert, während sie Sport fast nur noch vom Hörensagen kannte.

Sie hatte schon ewig keinen Urlaub mehr gehabt, dachte sie, als sie ihren Koffer auspackte. Überhaupt war es lange her, dass sie sich bewusst Zeit für sich selbst genommen hatte.

Ihr Zimmer lag im Erdgeschoss des Haupthauses – mit Blick auf den Innenhof. Es war klein, aber liebevoll eingerichtet. Die alten restaurierten Möbel passten zum Charme des Gutshauses. Außerdem hatte sie ihr eigenes Duschbad mit einem roten Duschvorhang. Ella, die in Berlin in einer

Zweiraumwohnung in einem Hinterhaus lebte, war überrascht, als sie das Fenster öffnete und frische Luft hereinkam.

Die Kurse begannen zwar erst am Montagmorgen, aber sie war bereits am Sonntagnachmittag angereist. Ursprünglich, weil sie gehofft hatte, endlich einmal abschalten zu können. Stattdessen stand sie unschlüssig an ihrem geöffneten Fenster, atmete die ungewohnt frische Luft ein und musste feststellen, dass ihr die Fähigkeit, zur Ruhe zu kommen, in den letzten Jahren abhandengekommen war.

»Sie sehen aus, als hätten Sie Angst vor frischer Luft! Kommen Sie ruhig raus, wir beißen nicht«, sprach sie ein nett aussehender Mann um die Vierzig, in einem karierten Hemd und Jeans, an, der zusammen mit einem sehr großen grauen Hund über den Hof ging.

Ella warf einen Blick von ihm – blaue Augen, schöne Zähne, nettes Lächeln – zu seinem Hund: braune Augen, viele spitze Zähne, hängende Lefzen.

»Vielleicht später«, murmelte sie, unsicher, ob das ›wir beißen nicht‹ den Hund und seine vielen spitzen Zähne mit einschloss.

»Keine Angst, Rover ist ein ganz Lieber.«

Rover warf Ella einen, wie ihr schien, herausfordernden Blick zu, als solle sie sich da besser nicht zu sicher sein, weshalb sie sich schleunigst abwandte und hinter der Gardine verschwand.

Erst als Hund und Herr außer Sichtweite waren, traute sie sich für einen Spaziergang aus ihrem Zimmer. Der Gutshof lag einsam, um ihn herum erstreckte sich flaches Land in unterschiedlichen Grün- und Brauntönen. Weil sie keine Ahnung hatte, was auf den Feldern wuchs, blieb Ella brav auf den Wegen. Da sie außerdem über keinen besonders ausgeprägten Orientierungssinn verfügte, mied sie den angrenzenden Wald und blieb immer in Sichtweite der Gutsgebäude.

Das Abendessen fand um neunzehn Uhr im Speiseraum statt. An einer Längsseite war ein Buffet aufgebaut. Mehrere Tische für jeweils sechs Personen waren im Raum verteilt, an einigen saßen bereits Gäste und schwatzten fröhlich miteinander. Leicht eingeschüchtert blieb Ella in der Tür stehen. Ob sie sich einfach dazusetzen konnte?

»Hallo, bei welchem Kurs bist du?«, begrüßte sie ein weiblicher Teenager mit einer riesigen Salatschüssel in den Händen.

»Ich?« Ella sah sich kurz um, ob tatsächlich sie gemeint war. »Bei den Präventionskursen. Bewegung, Ernährung und Stressbewältigung.«

»Ach, du bist die Verrückte, die sich hier mit Kursen stresst«, strahlte das Mädchen Ella an. »Hi, ich bin Mandy. Kann dir leider nicht die Hand geben, sonst fällt die Schüssel runter. Setz dich doch zu den anderen ans Fenster, siehst du den Tisch dort, den zweiten von rechts? Da sitzen Birgit und Arne. Birgit leitet den Ernährungskurs. Lass dir von ihr bloß nicht den Appetit verderben. Und Arne ist derjenige, der dich frühmorgens durch die Gegend scheuchen wird. Viel Spaß!«

Zögernd ging Ella auf den Tisch zu. Von den sechs Stühlen waren fünf besetzt. Sie räusperte sich, bevor sie vorsichtig fragte: »Entschuldigung, ist hier noch frei?«

Fünf Augenpaare sahen sie an. »Jo, klaro«, »Denke schon« und »Was bist'n du für eine?«, klang ihr mehr oder minder gleichzeitig entgegen.

»Ich bin Ella«, sagte sie, weil sie ihren richtigen Namen Eleonora noch schrecklicher fand als ihren Spitznamen, und wusste dann nicht weiter. ›Ella‹ klang nach Frankreich und Lebensfreude, und sie fühlte sich als genaues Gegenteil davon.

Glücklicherweise schob ihr jemand den Stuhl zu, sagte »Ich bin Joschi, und das ist Anka«, und damit war sie in die

Runde aufgenommen. Joschi und Anka wirkten beide extrem sportlich, deshalb überraschte es Ella nicht, dass sie sich fürs Bewegungsseminar angemeldet hatten. Auch Arne, der Kursleiter, sah aus, als würde er jeden Tag mindestens einen Marathon laufen.

Birgit, die vor einem Teller mit Sprossen und Kernen saß, musterte Ella kritisch. »Der Aufenthalt hier wird dir gut tun«, prophezeite sie und setzte etwas hämisch hinzu: »Wird auch Zeit, dass du deinem Körper etwas Gutes tust.«

Worauf habe ich mich da nur eingelassen, dachte Ella. Lediglich die Sechste im Bunde, eine blasse, magere Dunkelhaarige mit dicker Brille, sah noch schlechter aus als sie. »Ich bin Margot«, stellte sie sich vor und schwieg dann.

Birgit sah es als ihre Pflicht an, Ella bereits vor Kursbeginn vor den Gefahren des Buffets zu warnen. Als da lauerten: Kalorien, tierische Fette, Zucker in allen möglichen Variationen, Alkohol. Sie zählte noch etwa ein Dutzend andere Inhaltsstoffe auf, bevor Ella zum Buffet gehen durfte, mit deutlich weniger Appetit, als sie beim Betreten des Raumes gehabt hatte. Unsicher musterte sie die Speisen und nahm sich schließlich einen kleinen Teller voll Salat und eine Scheibe selbstgebackenes Brot.

Aber selbst das stieß an ihrem Tisch auf Entsetzen. »Kohlenhydrate, abends? Nein, das ist gar nicht gut! Morgens isst man Kohlenhydrate, morgens! Vielleicht auch noch mittags. Auf gar keinen Fall abends, vor allem nicht, wenn man abnehmen will!«

Ella, die von ihren Eltern gelernt hatte, dass man immer seinen Teller leer essen müsse, schwieg und aß mit schlechtem Gewissen ihr Brot. Einen Nachtisch traute sie sich nicht zu nehmen, obwohl der Schokoladenpudding sie angelacht hatte.

»Ja, dann bis morgen früh!«, verabschiedete sich Birgit, kaum dass sie ihren Teller mit Grünzeug geleert hatte. »Und nicht vergessen, der Ernährungskurs beginnt direkt nach dem Frühstück!«

»Ob das so sinnvoll ist, einen Ernährungskurs direkt nach dem Frühstück?«, überlegte Joschi laut.

»War kein anderer Termin mehr frei, diesmal ist nämlich irgend so 'ne Esoterikgruppe im Seminarraum«, antwortete Arne. »Gut, dass wir einfach rausgehen können. Ich hoffe, ihr habt gute Sportschuhe dabei?«

Joschi und Anka nickten energisch. Ella, die genau ein Paar Sportschuhe besaß, das sie seit dem Kauf vor einigen Jahren kaum angezogen hatte, rutschte unruhig auf ihrem Stuhl hin und her.

»Na, dann bis morgen früh um sieben!«, sagte Arne und schlug zum Abschied mit der Faust auf den Tisch, dass Geschirr und Besteck klirrten. »Gestiefelt und gespornt, dann gehen wir vor dem Frühstück noch 'ne kleine Runde laufen!«

Joschi und Anka sprangen ebenfalls auf und verkündeten, dass sie noch ein bisschen in die Gymnastikhalle gehen würden.

Ella blieb mit Margot, der blassen Dunkelhaarigen, alleine am Tisch zurück. Mit einem absichernden Blick in die Runde flüsterte diese: »Ich glaube, ich brauche noch einen Nachtisch.«

»Gute Idee«, flüsterte Ella zurück. Kurz darauf schlichen beide mit verschwörerischen Mienen zum Buffet und kamen mit Schokoladenpudding und frischem Obstsalat zurück.

»Gehst du auch zum Ernährungsseminar?«, fragte Ella, die insgeheim dachte, dass das auch Margot gut tun würde – aus dem gegenteiligen Grund wie ihr selbst. Während sie zu viel Speck auf den Rippen hatte, hatte Margot eindeutig zu wenig.

»Nein, ich mache Intuitives Malen. Wurde mir im Krankenhaus empfohlen. Ich habe gerade eine Chemotherapie hinter mir.«

»Entschuldigung, das tut mir leid«, stotterte Ella.

»Kannst du ja nicht wissen. Du machst das Ernährungsseminar mit?«

»Ja, und das Bewegungsseminar bei Arne. Und nachmittags noch Stressbewältigung und Entspannung.«

»Das habe ich letztes Jahr gemacht, das war schön. Überhaupt haben die hier manchmal wirklich gute Kurse. Nächsten Monat gibt es schamanisches Trommeln, das würde mich auch interessieren.«

Letztendlich wurde es doch noch ein unterhaltsames Gespräch, und als Margot kurz vor acht aufstand und sich entschuldigte, entschied auch Ella sich, in ihr Zimmer zu gehen. Von der vielen frischen Luft und dem ungewohnten Umfeld ermüdet schlief sie über ihrem Buch ein.

*

Warum nur hatte sie sich das angetan?

Es war gerade zehn Minuten nach sieben. Um Punkt sieben hatten sie sich in Sportkleidung auf dem Hof versammelt und Arne hatte verkündet, dass sie zum Aufwärmen eine kleine Runde um den Gutshof laufen würden. Keine hundert Meter später war ihr die Gruppe davongerannt, während Ella mit Seitenstechen, heftig um Luft und Fassung ringend, auf dem Feldweg zurückgeblieben war.

»Du bist aber echt gar nicht fit!« Aus dem Mund von Arne, der zurückgesprintet kam, klang es wie eine Anklage.

Genau deshalb machte sie diesen Kurs ja. »Aber der Kurs wurde mir von meiner Krankenkasse als Anfängerkurs empfohlen.«

»Das ist ein Anfängerkurs«, belehrte Arne sie in einem

Tonfall, der sie etliche Level unterhalb des Anfängerniveaus deklassierte.

Ella hatte keine Puste mehr für eine Antwort. Keuchend blieb sie stehen.

»Nein, nicht stehenbleiben, du musst in Bewegung bleiben!«

Sie versuchte ein paar Schritte zu gehen, blieb dann aber erneut stehen. »Ich kann nicht. Ich habe Seitenstechen.«

»Weil du falsch atmest.«

Dann zeig mir doch, wie ich richtig atmen muss, anstatt davonzurennen, dachte Ella bissig, traute sich aber nicht, es auszusprechen.

»Okay, weil das der erste Morgen ist: Geh zurück. Neben dem Haus ist eine Wiese mit Apfelbäumen, dort machen wir gleich ein bisschen Zirkeltraining. Wir laufen noch die Runde zu Ende und treffen dich dort, sagen wir, in zehn Minuten?«

Ella nickte. Langsam drehte sie sich um und ging den Feldweg zurück. In Sichtweite des Gutshofs fing sie an, nach einer Wiese Ausschau zu halten. Wie sahen Apfelbäume eigentlich aus? Äpfel kannte sie, aus dem Supermarkt. Aber Apfelbäume? Waren die groß oder klein, hatten die Blüten oder Blätter, und falls sie blühten, in welcher Farbe?

Schließlich sah sie neben dem Hof eine eingezäunte Wiese, auf der Bäume standen. Ella sah sich um, aber von ihrer Gruppe war weit und breit noch nichts zu sehen. Dafür war direkt vor ihr ein Gatter. Sie mochte ein Stadtmensch sein, aber dass man auf dem Land durch Gatter hindurchgehen konnte, sofern man diese wieder hinter sich schloss, war selbst ihr bekannt.

Erst als sie bereits ein paar Schritte über die Wiese gegangen war, stellte sie fest, dass sie nicht alleine war.

Drei graue Monster kamen auf sie zugeschossen.

Zwei davon waren Schafe.

Das dritte war Rover.

Ella drehte sich um und rannte auf das Gatter zu. So schnell, dass Arne stolz auf sie gewesen wäre, wenn er sie hätte sehen können.

Rover war trotzdem schneller und stellte sich zwischen sie und den rettenden Ausgang. Schwanzwedelnd, als sei dies alles ein großer Spaß.

Hinter sich spürte Ella die Schafe.

Vor ihr stand der Hund.

Sie erstarrte vor Angst.

Plötzlich ertönte ein kurzer Pfiff. Die Schafe blökten. Rover drehte sich zum Gatter um und wedelte noch heftiger mit dem Schwanz.

»Ah, Sie sind auch eine Frühaufsteherin!« Es war der Mann, der angeblich nicht biss.

»Könnten Sie mich bitte retten?«, rief Ella mit zittriger Stimme.

Der Mann schaute sie an, schaute sich um, und schaute sie wieder an. »Was ist denn passiert?«

»Ihr Hund -«, antwortete Ella schwach.

»Rover? Was hat er denn getan?«

»Er ist …«, sagte Ella, und nochmal: »er ist.« Eigentlich erklärte das doch alles, oder etwa nicht?

Anscheinend nicht, denn der Mann sah sie nur verständnislos an. Dann griff er den Hund, der kein Halsband trug, am Nackenfell und hielt ihn an seiner Seite fest. »Er ist?«

»Ja, er ist.« Wieso verstand er sie nicht? »Groß. Mit großen Zähnen.«

»Fast ein Meter Stockmaß«, entgegnete der Mann stolz und tätschelte das kurze graue Fell. »Ein kerngesunder Kerl.«

Der Hund zog die Lefzen hoch, als grinse er Ella an. Kein Wunder, der Mann hatte ihn zum Tätscheln wieder losgelassen.

Ella machte einen Schritt zurück, aber der Mann machte drei Schritte auf sie zu, sodass er vor ihr stand, und streckte seine Hand aus, mit der er eben noch den Hund festgehalten hatte. »Martin.«

»Ella.« Sie streckte ihre Finger aus, ohne den Abstand zu seinem Hund zu verringern.

»Ja, und das ist Rover.« Er tätschelte den Hund erneut. Eine Staubwolke stieg auf. »Oh, dich muss ich gleich noch bürsten. Frühstück gibt's erst ab acht.«

Ella brauchte ein paar Sekunden, um zu verstehen, dass mit Letzterem sie gemeint war. Die Anwesenheit eines dem mythischen Höllenhund nicht unähnlichen Wesens hatte sie vorübergehend gelähmt, selbst wenn Rover ein paar Köpfe weniger hatte als der sagenumwobene Cerberus.

»Oh, ich darf noch nicht Frühstücken. Ich muss noch bis halb neun Sport machen.« Ella sah sich suchend um. Wo war eigentlich ihre Sportgruppe? »Ist das hier nicht die Wiese mit den Apfelbäumen?«

»Nein, das sind Kirschbäume. Süßkirschen. Die Apfelwiese ist hinter dem Haus.«

Kein Wunder, dass sie ihre Gruppe nicht gesehen hatte. Wie kam sie jetzt am besten an dem Hund vorbei?

»Kommen Sie, Ella, ich bringe Sie hin.«

In Ermangelung einer besseren Idee folgte sie ihm. Leider folgte Rover ebenfalls, genauer gesagt: Er schritt erhobenen Hauptes neben seinem Herrchen her.

»Haben Sie keine Leine?«, fragte Ella zaghaft.

Martin schüttelte den Kopf. »Brauche ich nicht. Rover ist zwar eine Deutsche Dogge, aber wir sind hier nicht in der Stadt, wo man große Hunde anleinen muss. Er ist lammfromm und folgt aufs Wort. Sonst würde ich ihn niemals mit den Schafen alleine lassen. Er weiß gar nicht, dass er ein Wach- und Schutzhund ist, er denkt, er sei ein Schoßhund.«

Rover drehte sich bei diesen Worten zu Martin um, und Ella kam es vor, als lächelte er milde.

»Na, dann bringe ich Sie mal zu Ihrer Gruppe, die Sie bestimmt schon vermisst.«

Genau davor hatte Ella Angst. »Ich glaube nicht. Die sind alle so … sportlich.«

»Ja, aber das ist ein Anfängerkurs. Darauf muss auch Arne Rücksicht nehmen.« Resolut schritt er voran. Ella blieb nichts anderes übrig, als hinterherzulaufen.

Tatsächlich, auf einer Wiese hinter dem Gutshof sah sie die anderen, wie sie abwechselnd Liegestütze machten und zwischen den Bäumen hin und her rannten.

»Ich glaube, ich schaffe das nicht«, flüsterte Ella angsterfüllt. »Ich habe seit Ewigkeiten keinen Sport mehr gemacht.«

»Ach, lassen Sie sich von denen nicht ins Bockshorn jagen.« Martin ging schnurstracks auf Arne zu. »Ich habe eine deiner Schülerinnen auf der Kirschbaumwiese aufgesammelt. Pass ein bisschen auf sie auf, und nimm Rücksicht auf ihr Fitness-Level. Du sagst doch selbst immer, eine Gruppe ist nur so gut wie ihr schwächstes Mitglied.«

Arne guckte, als habe er in eine Zitrone gebissen. Sauertöpfisch wies er Ella eine Trainingspartnerin zu, eine geschätzt Sechzigjährige mit einem modischen grauen Kurzhaarschnitt, die sich als Jutta vorstellte. »Kommen Sie, Ella, wir machen das schon. Ein bisschen Bewegung an der frischen Luft – und hinterher gibt's erst mal lecker Frühstück.«

Mit Jutta an ihrer Seite, die stoische Ruhe ausstrahlte und sich selbst von Arne nicht hetzen ließ, machte der Rest der Bewegungsstunde dann sogar Ella wieder Spaß.

Trotzdem war sie froh, als sie frisch geduscht und umgezogen endlich frühstücken gehen konnte. Sie stellte sicher, dass sie sich an einen anderen Tisch setzte als Birgit, damit die ihr nach dem gestrigen Abendessen nicht auch noch das Frühstück vermiesen konnte.

Glückselig bediente sie sich an Müsli, frischem Obst, Joghurt und Nüssen und goss sich einen ordentlichen Schuss vollfetter Milch in ihren Kaffee.

Aber ihr Glück währte nur kurz, genauer gesagt, nur bis zum Beginn des Ernährungskurses. Er fand in einem Raum neben der Gutsküche statt, und während Birgit über Fette, Kohlenhydrate und Ähnliches erzählte, drangen von nebenan leckere Gerüche und fröhliche Stimmen zu ihnen. Irgendjemand brutzelte etwas verführerisch Duftendes. Ellas Magen knurrte bereits wieder.

Während Birgit von den Vorzügen von rohem Gemüse erzählte, schweiften Ellas Gedanken ab. Zu Hause ernährte sie sich überwiegend von Fast Food. Aber Birgit mit ihrem ›ich schnippele mir jeden Morgen eine Tupperbox voll Gemüse-schnitze‹ hatte gut reden. Die hatte keinen Hans-Jürgen, der permanent hinter ihr her war, warum dies oder jenes noch nicht erledigt sei. Wobei Ella zugeben musste, dass Karotten-sticks sich bei der Computerarbeit wahrscheinlich besser eig-neten als Plunderteilchen mit süßer Füllung und klebrigem Zuckerguss, der schon mal auf der Tastatur oder den Akten gelandet war. Vielleicht konnte sie doch die eine oder andere Anregung mitnehmen.

Nachdem sie zwei Stunden lang in den Gerüchen, die aus der Küche drangen, gesessen hatte, freute Ella sich umso mehr aufs Mittagessen. Leider bestand Birgit darauf, dass sich alle Kursteilnehmer zusammen an einen Tisch setzten. Nach dem Vortrag des Vormittags traute Ella sich natürlich nicht mehr, sich am Buffet die Speisen zu nehmen, die für die verführerischen Gerüche verantwortlich gewesen waren, sondern entschied sich schweren Herzens für eine Gemüse-suppe sowie einen Salatteller.

»Morgen werden wir über Sprossen und Keime reden, mit denen ihr euren Salat aufpeppen könnt!«, zwitscherte Birgit, die mit wohlwollendem Blick die Teller ihrer Schüler betrachtete. Kein Wunder, von den anderen hatte sich auch niemand getraut, Fettes oder Kohlenhydratreiches zu nehmen.

Ella seufzte. Sollte das eine Woche lang so weitergehen? Da würde sie ja Urlaub brauchen, um sich vom Urlaub zu erholen!

Nach dem Mittagessen hatte sie frei, denn der Entspannungskurs begann erst um siebzehn Uhr. Etwas unschlüssig wanderte sie durch das Haus. Im Gemeinschaftsraum gab es verschiedene Sofas, einen Fernseher und einen gut gefüllten Bücherschrank. Sie hatte sich gerade hingesetzt, als eine Frau in lila Wallekleidern hereingestürmt kam. »Du hast nicht zufälligerweise Anton gesehen?«

Ella, die keine Ahnung hatte, wer Anton war, schüttelte den Kopf.

»Ich habe mich um Herrmann gekümmert, und derweil ist Anton … Anton!«, ließ sie den Satz unvollendet.

Wenn mich meine Frau so rufen würde, würde ich mich wahrscheinlich auch verstecken, dachte Ella, während die lila Wallefee unter den Sofas herumstocherte. Dachte sie etwa, ein ausgewachsener Mann könne sich darunter verbergen?

»Da bist du ja!« Sie zog ein wolliges rotbraunes Etwas unter einem der Sofas hervor, das protestierend miaute. Anton war eine Katze!

»Kommst du auch gleich mit zum Kurs?«, fragte die Frau das fluffige strampelnde Wesen auf ihrem Arm.

Insgeheim dachte Ella sich, dass Anton wohl kaum eine Chance hätte, nicht mitzukommen, schwieg aber wohlweislich. Erst als die Frau sie ansah, merkte sie, dass die Frage ihr galt.

»Oh nein, ich bin nicht angemeldet.«

»Ach, das macht doch nichts, wir haben noch einen Platz frei, weil jemand krank geworden ist. Dann hätte ich auch eine gerade Teilnehmerzahl, da kann man viel besser arbeiten.«

»Worum geht es denn in dem Kurs?«, fragte Ella vorsichtig.

Die Frau murmelte etwas, das wie »Krrhommunikation« klang.

Kommunikation würde ihr gewiss nicht schaden. »Wie viel kostet es denn?«, fragte sie vorsichtig.

»Wenn du in Cash zahlst, nur hundert Euro. Sonderpreis. Weil du's bist. Aber sag's nicht den anderen, die zahlen nämlich deutlich mehr.«

Weil sie es war? Sie kannten sich gerade einmal seit ein paar Minuten. Wahrscheinlich war der Kurs bereits von dem kranken Teilnehmer bezahlt worden und die Kursleiterin würde die hundert Euro extra einstecken.

»Gibt trotzdem am Ende ein Zertifikat«, lockte die lila Fee, als spüre sie Ellas Zaudern.

Ein Zertifikat könnte sie vielleicht auch beruflich nutzen, und die Kursgebühr von der Steuer absetzen. Ella hatte vorsichtshalber Bargeld mitgenommen, aber da sie rund um die Uhr verpflegt und bekurst wurde, kam sie gar nicht dazu, es auszugeben.

»In Ordnung«, antwortete sie spontan. »Ich muss nur kurz ins Zimmer, Geld holen.«

»Ach, das kannst du mir heute Abend geben. Ich bin übrigens Gabi.«

»Ella.« Eine Hand konnte sie Gabi nicht geben, da sie beide Hände voll Katze hatte. »Soll ich dir die Tür aufmachen?«

»Ja, du kannst gleich mitkommen.« Gabi schritt den Flur entlang und öffnete mit dem Ellenbogen die Tür zu einem großen, ebenerdigen Seminarraum, in dem schon mehrere

Leute in einem Stuhlkreis saßen. In der Mitte des Kreises lag ein glänzender schwarzer Berg, der bei Gabis Anblick mit den Ohren zuckte und den Kopf hob.

Der Berg war ein sehr großer, sehr schwarzer Schäferhund.

Ella schaltete instinktiv den Rückwärtsgang ein. »Es tut mir wirklich sehr leid, aber ich kann doch nicht bleiben. Ich habe panische Angst vor Hunden!«

»Ach, das ist doch nur Herrmann.« Gabi setzte Anton vor Herrmanns Nase. Die beiden schienen noch nichts davon gehört zu haben, dass Hunde und Katzen sich nicht miteinander vertrugen, denn sie kuschelten sich, fuchsrot neben schwarz, aneinander. Zu der Gruppe sagte sie: »So, können wir wieder?«

Die anderen Kursteilnehmer murmelten Zustimmung. Wieder? Ella zögerte. Das klang so, als hätte sie schon einen Teil des Kurses verpasst.

Dem schien tatsächlich so zu sein. »Wir haben vormittags zwei Stunden und nachmittags zwei Stunden, und abends können wir frei üben«, sagte die junge Frau, neben der sie platziert wurde, zu Ella. »Janina. Ich bin Tierheilpraktikerin.«

Sollte sie Gabi gleich sagen, dass sie nicht in ihrem Kurs bleiben konnte, weil sie erstens nicht im gleichen Raum wie das große schwarze Monster sein wollte und zweitens ihren Ernährungskurs nicht verpassen durfte, wenn sie weiterhin zuschussberechtigt bleiben wollte? Sie würde ihr anbieten, trotzdem einen Teil des Kurses zu zahlen. Hoffentlich ließ die Kursleiterin sich darauf ein. Wenn nicht, hätte sie hundert Euro in den Sand gesetzt.

Doch dazu kam es nicht mehr, denn Gabi klatschte aufmerksamkeitsheischend in die Hände. »So, wie ihr alle sehen könnt, haben wir eine neue Teilnehmerin in unserer Mitte.

Das ist Ella. Ella hat Angst vor Hunden! Ist das nicht fantastisch?«

Während die anderen zustimmend murmelten, fragte Ella sich, was denn daran so fantastisch sei. Und wieso waren Tiere im Raum, war das bei Seminaren überhaupt erlaubt?

»An dir können wir gleich meine neue Methode ausprobieren!«, jubilierte Gabi und strahlte Ella an. »Ein paar Minuten in Hypnose und du hast keine Angst mehr vor Hunden!«

»Hypnose? Jetzt? Hier? Vor allen Leuten?«, fragte Ella alarmiert.

»Ja, du willst doch nicht für den Rest deines Lebens Angst haben müssen, oder?«

Ella war kein Freund von übereilten Entscheidungen. Schon ihre spontane Anmeldung zu einem weiteren Seminar entsprach nicht ihrem Naturell. Andererseits, die ständige Angst vor Hunden behinderte sie tatsächlich. Nicht nur, dass ihr auf Berlins Straßen immer wieder welche entgegenkamen, in letzter Zeit traf man sie sogar im Büro an. Hans-Jürgen hatte sich nämlich zwei Windhunde zugelegt, die er ab und zu mitbrachte, und die Buchhalterin Marianne hatte daraufhin bereits angekündigt, sie wolle zukünftig auch ihren Chihuahua mitbringen. Wenn dazu noch der Pudel der Abendsekretärin und der Mops der Auszubildenden kämen, wäre Ella bald von einer Menagerie an Hunden anstatt Anwälten und Anwaltsgehilfinnen umgeben.

»Was muss ich denn machen?«, fragte sie zitternd.

»Oh, du legst dich einfach nur entspannt hin.« Gabi breitete eine Decke auf dem Fußboden aus, gleich neben der Gestalt des schwarzen Höllenhundes.

»Und die anderen sehen zu?«

»Du willst doch jetzt nicht etwa kneifen, oder?« Das war eine rein rhetorische Frage. Gabi sah nicht so aus, als würde sie ihr eine Wahl lassen.

Unsicher nahm Ella auf der Decke Platz und legte sich auf den Rücken. Über ihr schwebte eine weiße Zimmerdecke mit dunklen alten Holzbalken. Die anderen rückten ihre Stühle in einen Halbkreis um sie herum, als würden sie sich auf eine tolle Show freuen. Ella wurde noch mulmiger zumute.

»Schau auf meine Hand. Ja, so ist es gut. Entspann dich. Denk an nichts. Hör auf meine Stimme. Dir wird es wie eine Art Schlaf vorkommen. Wenn ich bis fünf gezählt habe, wirst du wieder aufwachen, und dann liebst du Hunde und verstehst sie, und sie lieben und verstehen dich. Alles wird gut.«

Auf Gabis Anweisung schloss Ella die Augen, fest entschlossen, sich auf gar keinen Fall auf dieses dumme Spielchen einzulassen.

Im gefühlt nächsten Moment hörte sie Gabi »fünf!« sagen und machte ihre Augen wieder auf.

»Und, wie geht es dir?«, fragte Gabi gespannt.

Ella streckte sich. Sie fühlte sich, als hätte sie einen langen, erholsamen Mittagsschlaf gehalten. Hoffentlich war sie nicht eingeschlafen und hatte geschnarcht. »Gut.«

»Herrmann!«, lockte Gabi, und der Schäferhund kam auf sie zu und leckte Ella die Hand.

»Willkommen im Club«, sagte jemand, und Ella runzelte die Stirn, weil sie die Bemerkung nicht verstand.

»Du kannst dich wieder setzen«, wies Gabi an, plötzlich wieder ganz in ihrer Leiterrolle, und Ella ließ sich auf ihrem Platz im Stuhlkreis nieder. Wie ihr schien, blickten die anderen sie neugierig an. Wann kam denn nun diese Hypnose?

»So, dann können wir ja anfangen. Janina und Ella, ihr könnt gleich mit Herrmann beginnen. Das nächste Pärchen nimmt bitte Anton, für das dritte nehmen wir Gabriel, und ihr beide holt euch dann bitte Jorinde und Joringel.«

Staunend sah Ella zu, wie Herrmann auf sie und Janina zusteuerte, während Anton auf die Frauen neben ihnen zuging. Die anderen standen auf, um zu einer Kiste zu gehen, die in einer Ecke stand. Anscheinend war Gabriel eine Landschildkröte und die beiden Jos Kaninchen.

Warum fraß Herrmann die Kaninchen nicht auf? Aber er beachtete sie gar nicht.

»Ich beachte sie. Aber sie interessieren mich nicht.«

Wer hatte das denn jetzt gesagt? Ella sah sich um, aber Janina war mit ihren Notizen beschäftigt und die anderen kümmerten sich um die ihnen zugewiesenen Tiere. Gabi war am anderen Ende des Raumes und erklärte einem Mann irgendetwas.

Wo war diese Stimme hergekommen? Genauer gesagt war es gar keine richtige Stimme gewesen, mehr so etwas wie flüchtige Gedanken, die durch Ellas Hirn stoben. Ob sie in Hypnose war? Aber die sollte doch noch kommen, oder?

»Hast du das echt nicht mitbekommen? Du warst fast eine halbe Stunde weggetreten.«

Unauffällig schielte Ella auf ihre Armbanduhr. Tatsächlich, es war schon kurz vor drei.

Ella sah auf Herrmann. Sie liebte ihn zwar noch nicht, aber sie hatte keine Angst mehr vor ihm.

War sie etwa schon hypnotisiert worden?

»Du kapierst aber echt langsam«, sagte die Stimme.

Außer Herrmann war niemand in ihrer Nähe.

Sie sah Herrmann an. Herrmann sah sie an. Es wirkte fast, als zwinkere er ihr zu.

»Herrmann? Sprichst du etwa mit mir?«

»Was denn sonst«, kam die gelangweilte Antwort.

Ella fiel zum ersten Mal in ihrem Leben in Ohnmacht.

*

Sie erwachte, weil ihr jemand die Wangen tätschelte. Man könnte auch sagen, ihr sanfte Ohrfeigen gab.

»Jag uns doch nicht so einen Schrecken ein«, hörte sie Gabi wie durch einen dicken Nebel sagen.

Sie jagte denen einen Schrecken ein? Fragt mich mal, wer mir gerade einen Schrecken eingejagt hat, dachte Ella. Stattdessen sagte sie: »Danke, es geht schon wieder.«

»Du reagierst wahrscheinlich etwas empfindlich auf Hypnose«, stellte Gabi missgelaunt fest, als wäre alles Ellas Schuld.

Woher sollte sie das wissen, es war schließlich ihr erstes Mal. Und garantiert auch das letzte.

»So, dann fangt mal an!« Gabi gab Ella noch einen letzten Klaps und wandte sich einer anderen Zweiergruppe zu.

»Ist es für dich okay, wenn ich es zuerst versuche?«, fragte Janina.

»Natürlich«, antwortete Ella erleichtert, da sie keine Ahnung hatte, worüber die Gruppe am Vormittag gesprochen hatte.

Janina kniete sich vor Herrmann und sah ihn an. Dann schloss sie die Augen. Herrmann schaute gelangweilt. Nach etwa fünf Minuten sagte Janina traurig: »Es funktioniert nicht.«

»Was funktioniert nicht?«, fragte Ella.

»Er will nicht mit mir sprechen. Dabei bin ich doch Tierheilpraktikerin.«

»Sprechen?«, fragte Ella vorsichtig.

»Na, das ist doch ein Seminar für Tierkommunikation. Wir versuchen, uns in die Tiere einzufühlen und mit ihnen zu kommunizieren.«

Jetzt wurde Ella langsam einiges klar. Und anderes wiederum völlig unklar. Hatte das »Krrhommunikation«, mit dem Gabi sie in diesen Kurs gelockt hatte, etwa

Tierkommunikation geheißen?

»Wie soll das denn überhaupt funktionieren?«, fragte sie vorsichtig. Damit Janina sie nicht für verrückt hielt, setzte sie erklärend »Ich war ja heute Vormittag nicht da« hinzu.

»Hat Gabi dir das Arbeitsblatt nicht gegeben? Na, ist ja auch egal. Du kannst dir meins ausleihen. Wir können's auch parallel versuchen.«

Ella nahm das Blatt mit spitzen Fingern entgegen und las ungläubig. Angeblich müsse man sich in eine Art Trance versetzen, um mit den Tieren auf deren Herzfrequenz kommunizieren zu können. Das hier war wahrscheinlich die Esoterikgruppe, über die gestern beim Abendessen hergezogen worden war. Und sie war nichtsahnend hineingeschlittert!

Um nicht schon wieder aufzufallen, ließ Ella sich neben Herrmann auf den Boden sinken. Eigentlich bist du ja doch ein Schöner, dachte sie. Warum hatte sie sich schon so lange nicht mehr an Hunde herangetraut? Fast drei Jahrzehnte, wenn sie es sich recht überlegte. Sie war in Berlin aufgewachsen, in einem der Außenbezirke in der Nähe der Grenze, wo es viel Grün gab. Zwar durfte sie keine Haustiere halten, aber sie erinnerte sich, wie sie als Fünf- oder Sechsjährige ihre Sorgen und Probleme immer dem Nachbarhund erzählt hatte, der an einer Kette im Hof lag. Der Hund war bestimmt ähnlich groß gewesen wie Herrmann, aber sie hatte keinerlei Angst vor ihm gehabt, im Gegenteil, er war ihr Freund gewesen.

Wie war es dazu gekommen, dass sie plötzlich Angst vor Hunden hatte? Sie konnte sich nicht erinnern, jemals gebissen worden zu sein.

Ihre Eltern hatten immer gesagt, dass sie ein verträumtes Kind gewesen sei. Hatte sie sich das alles etwa nur eingebildet?

»Frag ihn, was er am liebsten frisst«, flüsterte Janina von der Seite.

Sie sollte einen Hund fragen, was er am liebsten fraß? Ella kam sich lächerlich vor. Was sollte er schon fressen, irgendein Hundefutter bestimmt, und Hundeleckerlis.

»Am liebsten habe ich einen schönen fetten Rindermarkknochen, den ich dann im Garten verbuddele. Wenn ich ihn nach zwei Tagen wieder ausgrabe, schmeckt er noch besser.«

Wollte irgendwer sie hier gerade verarschen? Versuchte Janina, ihr irgendetwas zu suggerieren?

»Trockenfutter«, sagte Ella bestimmt. So leicht ließ sie sich nicht manipulieren.

»Und sein Lieblingsspielzeug?«

»Ein zerbissener Lederschuh.«

Aber Ella traute dem Braten nicht. »Ein Ball«, antwortete sie. Das erschien ihr für einen Hund einfach logischer.

»Und was ist seine Aufgabe?«

»Mich auf solchen Seminaren mit Leuten wie euch zu langweilen, die noch nicht mal in der Lage sind, die einfachsten Antworten wiederzugeben.«

»Er hilft bei den Seminaren«, antwortete Ella.

»Du bist ja echt gut!«, lobte Janina anerkennend.

Dafür, dass sie sich hier gerade Sachen aus den Fingern sog? Ella kam sich wie eine Hochstaplerin vor. Im falschen Kurs gelandet, und dann auch noch alle belügen. Das passte so gar nicht zu ihr, sie hielt sich doch sonst immer brav an alle Regeln! Für ihren Job als Anwaltssekretärin waren Diskretion und niemals etwas Unrechtes tun absolute Grundvoraussetzungen. Sie wagte gar nicht, sich die Konsequenzen vorzustellen, sollte sie sich jemals was zu Schulden kommen lassen. Ob sich hypnotisieren zu lassen bereits eine Straftat war?

»So, dann kommt mal langsam zum Schluss und vergesst nicht, euch bei euren Tieren zu bedanken!«, rief Gabi.

»Danke«, sagte Janina zu Herrmann und verbeugte sich

vor ihm. Ella kam sich mehr als lächerlich vor, tat es ihr aber nach.

»Keine Ursache«, sagte Herrmann und wandte sich ab.

Die Kaninchenkommunikatoren hatten anscheinend einen Treffer: Die beiden fraßen am liebsten Löwenzahn. Bei der Schildkröte gab es keinen Treffer, und bei Anton wieder einen: er spielte gerne mit einem Wollknäuel.

»Und jetzt zu euch! Was hat Herrmann euch erzählt?«

»Herrmann hat gesagt, dass er am liebsten Trockenfutter mag und mit einem Ball spielt.«

Gabi wiegte den Kopf hin und her. »Da hat er euch leider veräppelt. Das machen Tiere, insbesondere Hunde, gerne. Die haben eine ganz eigene Art von Humor. Nein, er liebt so richtig verrottete Knochen, und meine alten Schuhe.«

»Ich hab's ja gesagt«, sagte Herrmann und schaute Ella dabei vorwurfsvoll an.

»Und ich dachte schon, du bist besser als ich«, sagte Janina zu ihr. »Dabei bin ich doch die Tierheilpraktikerin.«

Jetzt erinnerte Ella sich, dass sie als Kind immer Tierärztin werden wollte. Ihre Eltern waren bei ihrer Geburt schon ziemlich alt gewesen, älter als die Eltern der anderen Kinder in der Nachbarschaft. Sie vertraten die altmodische Ansicht, dass Mädchen nicht studieren, sondern lieber die Hauswirtschaftsschule oder Handelsschule besuchen sollten. Ella hatte auf sie gehört und eine Sekretärinnenausbildung gemacht. Nach dem Abschluss erkrankten ihre Eltern jedoch fast gleichzeitig und mussten jahrelang von ihr gepflegt werden. Dafür wäre ihr eine medizinische Grundausbildung gelegen gekommen, aber da war es längst zu spät, noch einmal zu studieren.

»Und seine Aufgabe?«, unterbrach Gabis Stimme Ellas gedanklichen Ausflug in die Vergangenheit.

»Er hilft bei den Seminaren«, antwortete Ella an Janinas Stelle.

»Ja, genau!«, sagte Gabi überrascht. »Gut gemacht. Für heute war's das. Morgen um zehn wieder. Ich lasse den Raum offen, wer mag, kann heute Abend noch mit Gabriel und den Jo-Jos üben.«

Während die anderen sich noch mit Fragen um Gabi scharten, blieb Ella unschlüssig sitzen. Morgen Vormittag hatte sie wieder ihren Ernährungskurs bei Birgit. Wollte sie hier überhaupt weitermachen, oder sollte sie diesen ganzen Quatsch gleich beenden?

»Wieso Quatsch?«, fragte Herrmann.

»Weil Tiere nicht sprechen können«, antwortete Ella mit Bestimmtheit.

Herrmann sah sie an und gähnte dann ausgiebig. »Wenn du das denkst, wieso reden wir dann überhaupt?«

Ich sollte schleunigst in meinen Entspannungskurs gehen, dachte Ella. Ich halluziniere hier schon. Ich projiziere meine Antworten in einen verdammten Schäferhund.

»Altdeutscher Schäferhund, nicht verdammter Schäferhund«, korrigierte Herrmann.

Okay, es wurde wirklich Zeit, dass sie hier raus kam. »Dann eben Altdeutscher Schäferhund.«

»Geht doch«, sagte Herrmann.

*

Eine Stunde später lag Ella in bequemer Gymnastikkleidung erneut auf dem Rücken, diesmal auf einer Yogamatte. Die einschläfernde Stimme des Lehrers, der gerade eine geführte Meditation abhielt, schwebte durch den Raum.

Sie sollte sich einen Ort ausmalen, an dem sie sich in ihrer Kindheit immer wohlgefühlt hatte. Unwillkürlich dachte Ella an den alten Hofhund, wie sie sich immer an ihn gekuschelt und mit ihm gesprochen hatte.

»Jetzt merkt euch dieses Gefühl«, sagte der Lehrer. Seinen Namen hatte Ella wieder vergessen, aber es war irgendetwas Fremdländisches mit vielen Silben gewesen.

Welche Gefühle hatte sie gehabt? Bei dem Hund hatte sie sich geborgen und verstanden gefühlt. Als Kind war ihr das natürlich nicht so bewusst gewesen, aber in ihrem Elternhaus war es nie besonders liebevoll zugegangen. Und wenn man nicht den Erwartungen entsprach, gab es Schläge.

»Jetzt gebt ihr goldgelbes Licht in diese Situation …«

Ella wollte kein goldgelbes Licht in etwas geben, das furchtbar gewesen war. Plötzlich erinnerte sie sich: Jedes Mal, wenn sie nach Hause kam und nach Hund roch, hatte es Schläge gegeben. Einmal, als sie ihren Eltern erzählt hatte, dass der Hund ihr bester Freund sei und sie mit ihm über alles reden könne, hatte es sogar Schläge und Hausarrest gegeben. Letzteres hatte Ella nicht sonderlich gestört, da sie problemlos aus dem Fenster klettern und in der Hundehütte hatte schlafen können. Ihr Vater hatte sie dort am nächsten Morgen gefunden und verprügelt. Zwei Tage später war der Hofhund verschwunden, laut ihrem Vater angeblich erschossen, weil er gefährlich sei.

Seit dieser Zeit hatte Ella um Hunde einen weiten Bogen gemacht.

Bis Herrmann kam.

»Jetzt geht ihr an einem weißen Sandstrand entlang …«

Im Geiste schritt Ella neben dem schwarzen Herrmann durch den weißen Sand, allerdings eine schlankere, sportlichere, glücklicher wirkende Version von ihr, die Kleidung trug, die zu einem Karibikurlaub passte. Hatte Herrmann wirklich mit ihr gesprochen? Funktionierte diese ganze Tierkommunikation etwa doch?

Oder – Ella wagte kaum, den Gedanken zu Ende zu denken – waren durch die Hypnose ihre Fähigkeiten, sich in

Hunde einzufühlen, in ihrer Kindheit durch Trauer verschüttet, wieder ans Tageslicht geholt worden?

Über diesem Gedanken schlief sie ein, und wachte erst wieder auf, als ihr Lehrer sie unsanft am Zeh zog. »Ist ja schön, dass du so gut entspannst, aber nicht dabei schnarchen!«

*

Beim Abendessen begegnete Ella Margot und erzählte ihr nach kurzem Zögern von ihren Erlebnissen. Diesmal hatten sie sich bewusst nicht zu Birgit an den Tisch gesetzt, um ungehindert schlemmen zu können. Das Essen auf dem Seminargut war nämlich nicht nur frisch, sondern auch mit Liebe zubereitet, wie eine der Köchinnen Ella augenzwinkernd versichert hatte.

»Kommunikation klingt doch spannend«, meinte Margot, die bunte Farbkleckse auf den Armen hatte. Anscheinend erforderte das Intuitive Malen von ihr vollen Körpereinsatz.

»Es ist aber ein Seminar für Tierkommunikation!«, zischte Ella. Hatte Margot ihr etwa nicht zugehört?

Anscheinend doch. Aber jemand, der intuitiv malte, schien sich nicht daran zu stören, wenn man intuitiv mit Tieren kommunizierte. »Na und? Wer weiß, wofür du's gebrauchen kannst.«

So hatte Ella das bisher noch nicht gesehen. »Aber es läuft parallel zu meinem Ernährungskurs. Wenn ich nicht regelmäßig daran teilnehme, bekomme ich Ärger mit meiner Krankenkasse.«

»Vielleicht könnte ich für dich hingehen«, bot Margot nach kurzer Überlegung an. »Also, zum Ernährungskurs, nicht zu deinem Tierseminar. Mein Malkurs ist nachmittags, am Vormittag hätte ich Zeit.«

»Wir sehen uns aber nicht gerade zum Verwechseln ähnlich«, gab Ella zu Bedenken.

»Ach, Birgit kann doch einen Teilnehmer nicht vom anderen unterscheiden, so selbstbeschäftigt wie sie ist«, meinte Margot lakonisch. »Selbst wenn sie's merkt, kann's ihr doch egal sein, solange sie ihr Geld bekommt. Und ich kann mir ja mal anhören, welche Ernährung im Rahmen einer Krebstherapie sinnvoll wäre. Ich habe zwar schon diverse Bücher zum Thema gelesen, aber wer weiß, vielleicht kennt sie ja irgendwelche neueren Studien. Ich erzähle dir hinterher, was du essen sollst, und du gehst derweil in deinen Tierkurs und erzählst mir im Gegenzug, was ich im Umgang mit Tieren beachten muss. Überleg es dir und sag mir morgen beim Frühstück Bescheid.«

Nach dem Abendessen fasste Ella sich ein Herz und ging in den Seminarraum. Gabriel und die beiden Jo-Jos saßen in ihren Kisten. Zum Glück war sie alleine mit ihnen. Ella nahm sich einen Stuhl, überlegte, wie man sich wohl in Trance versetzen könne, und sah dann die Schildkröte an. Gabriel zog bei ihrem Anblick den Kopf, die Beine und sogar den Schwanz ein und schien zu schlafen. Nach ein paar Minuten gab Ella auf und versuchte ihr Glück bei den Kaninchen, ebenfalls erfolglos.

Sie seufzte erleichtert. Wahrscheinlich hatte sie sich alles nur eingebildet.

*

Am nächsten Morgen, pünktlich um sieben, stand Ella in Sportkleidung auf dem Hof und kam sich furchtbar unsportlich vor.

»Ihr beide joggt einfach nur langsam bis zur Apfelwiese, wir treffen uns dann in einer Viertelstunde dort«, begrüßte

Arne sie und Jutta.

»Na, siehst du, geht doch«, ermunterte Jutta Ella. »Wir beide gehen da jetzt ganz gemütlich rüber, und den Rest der Stunde kriegst du auch noch rum. Ein bisschen Bewegung an der frischen Luft ist gar nicht so schlecht. Zu Hause gehe ich jeden Tag eine Stunde Walken oder Joggen.«

»Jeden Tag eine Stunde? Wie schaffst du das denn?«, fragte Ella erstaunt.

»Als ich in Rente ging, habe ich mir als erstes einen Hund zugelegt.«

»Rente? Du siehst noch so jung aus«, rutschte es Ella raus.

»Ja, höre ich immer wieder. Dabei bin ich dreiundsiebzig.« Jutta grinste. »Ich sag's dir, mein Hund hält mich jung. Der fordert einen, da muss man raus, egal bei welchem Wetter! Solltest du dir mal überlegen.«

Wie aufs Stichwort bogen in diesem Moment Martin und Rover um die Ecke. Der Wach- und Schutzhund, der denkt, dass er ein Schoßhund sei, fielen Ella Martins Worte wieder ein.

Die Menschen begrüßten sich. Ella warf einen schnellen Blick auf Rover. Heute hatte sie tatsächlich keine Angst mehr vor ihm. Vielleicht hatte Gabis Hypnose wirklich geholfen?

»Hypnose? Was für Schwachsinn ihr Menschen euch immer ausdenkt.«

Ellas Kopf flog herum. Sprach Rover jetzt etwa auch mit ihr?

»Wir sprechen nicht mit jedem«, antwortete Rover im Pluralis Majestatis und schritt erhobenen Hauptes an Ella vorbei.

*

Auch Anton schien nicht mit jedem zu sprechen, zumindest nicht mit Ella, die sich nach dem Erlebnis mit Rover entschlossen hatte, das Seminar bei Gabi fortzusetzen. Es blieb bei Herrmann, und den beiden Sätzen von Rover.

»Nicht jeder hat Zugang zu jeder Tierart«, dozierte Gabi etwas von oben herab, als Ella sie nach der Übungsstunde am Nachmittag ansprach. »Hunde sind einfach, weil sie gerne mit Menschen kommunizieren. Du solltest mehr mit den anderen Tieren üben. Draußen gibt es auch noch Enten, Käfer, Würmer und anderes.«

Ella schüttelte sich. »Kann es denn nicht vielleicht doch mit der Hypnose zusammenhängen?«, fragte sie vorsichtig.

»Bestimmt nicht. Du warst zwar eine meiner ersten Probanden, aber ich bin schließlich zertifiziert und weiß, was ich mache. Ich habe mich auch nur deshalb dazu entschlossen, weil du solche Angst vor Hunden hattest. Sei froh, dass ich dir das nicht extra in Rechnung gestellt habe.«

Also hatte Gabi sie tatsächlich in Hypnose versetzt. Ella erinnerte sich immer noch an nichts. Aber allein schon aus Neugier blieb sie weiter in ihrem Kurs.

Am nächsten Tag wurde sie einem neuen Partner zugeteilt. Immerhin durften sie sich wieder an Herrmann versuchen.

»Lass mich nur machen«, sagte der Mann, der sich als Klausi vorgestellt hatte, großspurig. »Ich zeig dir, wie's geht.«

Ein Mann von geschätzt Ende fünfzig, der sich Klausi nannte? Das konnte ja heiter werden.

»Heiter? Das wird langweilig«, sagte Herrmann.

Ella schaute ihn an. Wenn Herrmann weiterhin ihre Gedanken lesen konnte, würde es hier bestimmt nicht langweilig werden!

Dafür konnte Klausi Herrmanns Gedanken anscheinend nicht lesen, denn er teilte Ella lang und breit mit, was

Herrmann angeblich gesagt hätte, während dieser ausgiebig gähnte und schließlich zu Ella gewandt sagte: »Du hast recht. Er ist ein Dummschwätzer.«

Zumindest mit Herrmann schien sie weiterhin kommunizieren zu können. Wieso hatte es dann mit Rover nicht geklappt?

Experimentell kraulte sie Herrmann hinter den Ohren, was er mit hingebungsvollem Blick geschehen ließ. »Echte Rassehunde sind sich manchmal zu schade, mit Menschen zu sprechen«, klärte er Ella auf, während er genießerisch die Augen schloss.

»Bist du denn kein echter Rassehund?«

»Doch, aber ich bin darauf trainiert, mit euch zu kommunizieren. Versuch es mit Mischlingen. Die sind meist kommunikativer.«

Wo sollte sie denn jetzt auf die Schnelle einen Mischling herbekommen, um Herrmanns Theorie zu testen? Ella schüttelte den Kopf. Aber zumindest schien sie ihr Ziel erreicht zu haben: Sie hatte keine Angst mehr vor Hunden.

Margot ging weiterhin an ihrer Stelle zum Ernährungskurs und erzählte, dass der Tausch tatsächlich nicht aufgeflogen war. Arne scheuchte alle bis auf Jutta und sie weiterhin durch die Gegend. Nur im Stressbewältigungskurs kam Ella einigermaßen zur Ruhe, denn dort schlief sie während der Meditation regelmäßig ein.

In Gabis Kurs änderte sich ebenfalls nicht viel. Theorie- und Praxisteile wechselten sich ab, aber außer Herrmann sprach keines ihrer Tiere mit Ella. Obwohl sie den Eindruck hatte, dass keiner der Kursteilnehmer nach der Woche in der Lage war, tatsächlich mit Tieren zu kommunizieren, sie selbst eingeschlossen, erhielt jeder ein Zertifikat. Ella nahm ihres mit leicht schlechtem Gewissen entgegen. Sie stellte sich Hans-Jürgens Gesicht vor, sollte er jemals davon erfahren, was für ein Seminar sie während ihres Urlaubs besucht hatte.

Mandy, Martins Tochter, die nach der Schule auf dem Gutshof mitarbeitete, drückte Ella bei der Abreise mit den Worten »Wir haben auch Wochenendkurse« einen Flyer in die Hand. »Du hast hier mit deinen vier Kursen echt alle Rekorde gebrochen. Also, wenn du Verrückte dich mal erholen oder noch mehr Seminare besuchen willst, bist du jederzeit willkommen.«

»Es waren ja eigentlich nur drei Kurse«, wehrte Ella verlegen ab.

»Ja, hab's schon mitbekommen.« Mandy kicherte. »Birgit ist echt zu doof. Aber sie bringt Geld, deshalb sagt Papa, dass wir nett zu ihr sein müssen.«

»Und was sagt Papa zu Gabi?«, fragte Ella vorsichtig.

»Esoterisch spinnert, aber bringt auch Geld«, gab Mandy unbekümmert zum Besten.

»Der Unterhalt eines solchen Hofes muss ja ein Vermögen kosten.«

»Tut er auch. War echt sehr runtergekommen, als wir ihn übernommen haben. Anfangs haben wir in dem Pförtnerhäuschen gewohnt, weil das große Haus unbewohnbar war. Na ja, und dann haben wir nach und nach alles renoviert, so, wie eben Geld da war, erst einen Flügel, dann einen zweiten … Und nebenbei noch die Landwirtschaft, und Mama … War echt nicht so einfach, manchmal.«

Ella, die von Landwirtschaft etwa so viel verstand wie von Quantenphysik, nickte mitfühlend. Sie hatte in ihrem Leben weder renoviert noch im Erdreich gebuddelt, sie war ein typischer Stadtmensch.

Trotzdem steckte sie den Flyer ein.

Warnung vor dem bisschen Hund

Zurück in Berlin, geriet Ella wieder viel zu schnell in ihren alten Trott. Ihr Stresslevel war wieder mindestens genauso hoch wie vor ihrem Bildungsurlaub, ihre Fitness weiterhin nicht vorhanden, und ihre Ernährung orientierte sich an dem, was sie beim Bäcker auf dem Weg ins Büro oder in der Tiefkühltruhe des nahegelegenen Discounters vorfand. Selbst Gabis Zertifikat lag irgendwo in einem Stapel Papier, den sie irgendwann einmal wegwerfen wollte.

Bis zu dem Tag, als sie nach der Arbeit den Bus verpasste und an der Haltestelle warten musste. Während sie dort saß, kam eine Frau mit Hund vorbei. Irgend so ein Zotteltier, glücklicherweise klein, aber mit grimmigem Blick.

Meine Güte, was mag dem denn für eine Laus über die Leber gelaufen sein, dachte Ella.

»Leber? Riech ich nicht. Wo?«, sagte der Hund.

Ella ließ vor Schreck ihre Tasche fallen. Das gab's doch nicht! Wieso sprach das Zotteltier mit ihr?

»Ich bin kein Zotteltier«, sagte das Zotteltier. »Ich bin ein Mischling.«

Dann waren Frau und Mischling an ihr vorbei, und Ella blieb sprachlos auf dem Bürgersteig zurück.

Was hatte Herrmann gesagt? Dass sich echte Rassehunde manchmal zu schade seien, mit Menschen zu sprechen, und sie es deshalb mit Mischlingen versuchen sollte? Hatten Hans-Jürgens Windhunde deshalb nicht mit ihr geredet?

Zu Hause angekommen suchte sie das Zertifikat von Gabi aus dem Stapel Altpapier. Da stand es, schwarz auf weiß: Ella beherrscht Tierkommunikation. Ein Fünkchen Wahrheit schien wohl doch darin zu stecken. Selbst wenn sich die Kommunikation nur auf vereinzelte Hunde beschränkte.

Wobei sie eher das Gegenteil wollte, nämlich, dass die Hunde sie in Ruhe ließen. Irgendwie machte es sie nervös, wenn sie nicht nur von Menschen, sondern auch von Hunden angesprochen wurde.

Sollte sie Gabi anrufen und fragen, wie sie das wieder loswerden konnte? Bei der Hypnose musste etwas schiefgelaufen sein.

Andererseits, wenn sie nach einer weiteren Hypnosesitzung dann wieder Angst vor Hunden hätte, wäre das wahrscheinlich noch schlimmer. Gerade jetzt, wo so viele davon jederzeit im Büro auftauchen konnten.

Sie würde einfach versuchen, allen Hunden zukünftig so weit wie möglich aus dem Weg zu gehen, beschloss Ella.

Das funktionierte auch eine Weile wunderbar. Aber dann streikten eines Tages die Berliner Busfahrer, sodass Ella gezwungen war, morgens zu Fuß durch den Park zur Arbeit zu laufen.

Dabei begegnete sie Rudi.

Besser gesagt, Rudi stellte sich ihr in den Weg.

Er war nicht groß, aber dennoch gelang es ihr nicht, an ihm vorbeizukommen, bis sie schließlich leicht eingeschüchtert stehenblieb. Sie hatte zwar keine Angst, wollte aber auch nicht zu spät zur Arbeit kommen.

»Na, was bist denn du für einer«, versuchte sie vorsichtig.

»Ich bin ein Mischling und heiße Rudi«, sagte der Hund.

Zumindest das funktionierte noch, dachte Ella und betrachtete die braune wollige Wurst auf vier Beinen, die mit einem Hund etwa so viel Ähnlichkeit hatte wie mit einem Maulwurf.

»Ich bin ein Spackel!«, belehrte Rudi sie missbilligend.

»Spackel?«, wiederholte Ella. »Nie gehört. Was soll das denn sein?«

»Na, eine Mischung aus Spitz und Dackel! Ich bin ein Jagdhund.«

Und ich bin Heidi Klum, dachte Ella unwillkürlich. Neben einer Diät würden ihm auch ein Bad und eine Schur guttun. Sein Fell sah total dreckig und verfilzt aus.

»Das sind Rasta-Locken, ist gerade voll in!«, behauptete Rudi und baute sich in seiner vollen Größe von halber Kniehöhe vor ihr auf.

Ganz bestimmt nicht, dachte Ella, bemühte sich aber sogleich, den Gedanken zu unterdrücken, falls Rudi ihn lesen konnte. »Wo sind denn dein Herrchen und Frauchen?«

Rudi schnaubte. »Was für ein altmodischer Ausdruck! Ich bevorzuge Dosenöffner. Meine Dosenöffnerin musste ins Altersheim und hat mich bei ihrer Nachbarin gelassen. Da lebe ich doch lieber auf der Straße.«

»Ich könnte dich ins Tierheim bringen, dort wird man sich um dich kümmern«, bot Ella an.

Doch Rudi schüttelte den Kopf, dass der Rest seines Körpers mitschüttelte. »Ich will mir meine Dosenöffner selber aussuchen, und du bist genau mein Typ.«

»Nichts da«, konterte Ella. »Ich kann gar keine Dosen öffnen, ich ernähre mich von Teilchen vom Bäcker und Tiefkühlpizza. Furchtbar ungesund.«

Rudi legte den Kopf schief. »Mit Salami?«

Wahrscheinlich bezog sich die Salami auf die Tiefkühlpizza und nicht auf sie. »Manchmal«, gab Ella zu.

»Mag ich«, stellte Rudi fest und trat einen Schritt zur Seite, als wolle er den Weg freigeben.

Erleichtert legte Ella einen Schritt zu. Sie würde zu spät zur Arbeit kommen. Einen Spackel würde sie Hans-Jürgen gegenüber kaum dafür verantwortlich machen können.

Rudi folgte ihr. »Wohin gehst du?«

»Ich muss zur Arbeit.« Super, sie erklärte einem Hund, wo sie hin musste. Ging's noch?

»Nimmst du mich mit?«, fragte Rudi hoffnungsvoll.

»Auf keinen Fall. Hunde dürfen bei uns nicht ins Büro.« Es sei denn, es handelte sich um die Windhunde von Hans-Jürgen, das war natürlich etwas anderes. Einen verfilzten, verlausten Mischling würde ihr Chef niemals in seiner Kanzlei dulden.

»Das ist eine Trend-Frisur, und Flöhe habe ich auch nicht!«, knurrte Rudi neben ihr.

»'Tschuldigung«, murmelte Ella.

Hatte sie sich etwa gerade bei einem Hund entschuldigt?

»Ich warte auf dich«, entschied Rudi.

»Das kann lange dauern. Ich weiß nie, wann ich Schluss machen darf. Meistens erst spät abends.«

»Sag ihnen einfach, dass du einen Hund hast, den du nicht so lange allein lassen kannst«, schlug Rudi vor.

Ella blieb stehen. Das war gar keine schlechte Idee. Hatte sie nicht in letzter Zeit auch selbst manchmal gedacht, dass sie gerne weniger Überstunden machen würde? Unbezahlte Überstunden noch dazu. Sie könnte Rudi als Entschuldigung vorschieben. Da Hans-Jürgen selbst Hundebesitzer war, hätte er dafür vielleicht sogar Verständnis. Außer der eigenen Beerdigung ließ er sonst keinerlei Abwesenheitsgründe gelten.

»Rudi? Sag mal, wieso redest du eigentlich mit mir?

»Weil du mir antwortest?«

Sollte sie besser nichts mehr sagen? Am besten, auch nichts mehr denken? Ella versuchte, an nichts mehr zu denken. Wie bei einer Meditation. Leider funktionierte es nicht. Anstatt an nichts zu denken, drängten sich erst recht jede Menge ungebetene, unzensierte Gedanken in ihren Kopf. Immerhin schlief sie diesmal nicht dabei ein.

»Ehrlich gesagt, sind die Gedanken von Menschen stink-langweilig. Die meisten denken total überflüssiges Zeug.«

Ella biss sich auf die Lippen. Das klang, als müsse sie zukünftig nicht nur ihre Worte, sondern auch ihre Gedanken zensieren.

»Ich hoffe, du hast 'n kuscheliges Sofa?«

Hatte sie ein kuscheliges Sofa? Nicht wirklich. »Nein, ich wohne im zweiten Stock in einem Hinterhaus, und mein Sofa habe ich von meinen Eltern geerbt, als sie vor zwölf Jahren gestorben sind. Ist leider schon alles ein bisschen herunter-gekommen.«

»Egal, ich habe die letzten Wochen auf der Straße gepennt.«

Das hatte Ella schon vergessen. Aber schliefen Hunde nicht von Natur aus oft draußen? Schließlich hatten sie Fell, um sich vor Kälte und Nässe zu schützen.

»Wenn ich's mir aussuchen kann, schlafe ich natürlich lie-ber auf 'ner weichen Decke in 'ner schönen warmen Woh-nung«, sagte Rudi vorwurfsvoll.

Sie hatte schon wieder vergessen, dass er ihre Gedanken lesen konnte. »Meine Wohnung ist aber nicht warm«, wider-sprach Ella, die schon seit ihrem Einzug mit der widerspens-tigen Nachtspeicherheizung kämpfte.

»Aber jetzt wird ja Sommer«, entgegnete Rudi. »Da brauchst du nicht zu heizen. Decke auf dem Sofa und Futter – das passt schon für mich.«

»So, wie du aussiehst, sollte man dich erst mal auf Diät set-zen«, entgegnete Ella unerbittlich. Ihr wurde oft vorgewor-fen, ein Helfersyndrom zu haben, aber gerade jetzt kämpfte sie tapfer dagegen an.

»Wieso nur mich? Ich habe in den letzten Wochen schon ganz viel abgenommen! Das Leben auf der Straße ist schließ-lich kein Ponyhof.«

»Dann muss dein Bauch vorher fast auf dem Boden geschleift haben. Dein Frauchen hat dich bestimmt wahnsinnig verwöhnt und die ganze Zeit vollgestopft.«

»Ach, die paar Leberwurstbrötchen, Schweineohren und Schokokekse machen doch nicht fett.«

Wahrscheinlich eher das, was er zusätzlich dazu bekommen hatte. »Ich dachte, du suchst einen Dosenöffner? Davon kommt nichts aus der Dose.«

Aber die Rechnung hatte sie eindeutig ohne einen gefräßigen Hund gemacht. »Ach, Hauptsache Futter. Von mir aus können wir uns auch eine Salamipizza teilen. Ich fresse den Belag und du den Boden.«

Ella verstand unter gerecht teilen etwas anderes. Glücklicherweise hatten sie nun die Straße erreicht, an der sie abbiegen musste. »Tja, danke für deine Gesellschaft, Rudi. Ich wünsche dir viel Erfolg bei deiner Suche nach dem perfekten Dosenöffner.«

Rudi blieb tatsächlich zurück.

Ella wollte schon aufatmen, als er ihr hinterherbellte: »Bis heute Abend, Frauchen!«

Das würde ihm so passen. Sie hatte schon gehört, dass Tiere, insbesondere Hunde, sich ihre Besitzer gerne selbst auswählten. Aber das hier ging eindeutig zu weit. In ihrem Leben war weder Platz noch Zeit für einen Hund.

Kopfschüttelnd legte sie die letzten paar hundert Meter zur Kanzlei im Laufschritt zurück. Irgendwie hatte die verrückte Fellwurst es tatsächlich geschafft, sie aufzuheitern.

Hans-Jürgen hingegen schaffte es noch schneller, sie wieder runterzuholen. »Eleonora, Sie sind fast zwanzig Minuten zu spät! Das können Sie heute Abend nacharbeiten!«

Ella überlegte, ob sie ihm sagen sollte, dass sie schließlich jeden Abend länger arbeitete, aber ein Blick in Hans-Jürgens puterrotes Gesicht hielt sie davon ab. Ob Rudi Pute fressen durfte?

»Es tut mir leid, aber ich musste laufen. Die Busfahrer streiken«, entgegnete sie lahm.

»Wird Zeit, dass Sie sich ein Auto kaufen, Eleonora!«

Wovon denn, du Geizkragen, dachte Ella. Bisher hatte sie zu diesem Thema immer geschwiegen. Heute aber sagte sie tatsächlich: »Sobald ich eine Gehaltserhöhung bekomme, lege ich mir einen Kleinwagen zu, damit ich immer rechtzeitig auf der Arbeit bin.«

Hans-Jürgen wurde noch röter im Gesicht und verschwand schnell in seinem Büro.

Der Tag wurde dann doch noch unerwartet interessant. Nicht durch einen neuen Fall, sondern weil ihr Chef seine beiden Windhunde mit ins Büro gebracht hatte.

Sie hatte Kim und Sam erst gar nicht gesehen, weil sie unter Hans-Jürgens Schreibtisch lagen, als er Ella zu sich rief, um ihr Anweisungen zu geben.

»In Anbetracht der meinem Mandanten gegenüber gezeigten Härte ...«, sagte Hans-Jürgen, als Ella plötzlich vernahm: »Ich will nach Hause, durch den Garten rennen und gekochte Hähnchenbrust fressen.«

Ella warf einen verstohlenen Blick auf ihren Chef, bis ihr etwas schwante. Genauer gesagt, inzwischen roch sie es auch. »Haben Sie heute Ihre Hunde dabei, Herr Winterkorn?«

Während Hans-Jürgen sie hartnäckig mit ihrem antiquierten Vornamen ansprach, blieb sie – wie alle seine Untergebenen – selbstverständlich offiziell beim Sie.

»Ja, meine Frau konnte heute nicht auf sie aufpassen.«

»Und die Geliebte hatte auch keine Zeit.«

Der zweite Satz stammte nicht von Hans-Jürgen. Ella war sicher, dass ihr Gesicht gerade rot wurde bis unter die Haarwurzeln. »Das tut mir leid«, stammelte sie.

»Na, so besonders ist das nun auch nicht. Was ist mit Ihnen denn heute nur los? Sie benehmen sich irgendwie merkwürdig!«

»Ich bin vielleicht ein bisschen aufgeregt«, sagte Ella aus einer Laune heraus. »Ich bekomme nämlich einen Hund. Deshalb muss ich heute pünktlich gehen.«

An der Art, wie Hans-Jürgen ihren zweiten Satz ignorierte, merkte Ella, dass für ihn diesbezüglich das letzte Wort noch nicht gesprochen war. »Einen Hund? Einen Welpen, meinen Sie? Welche Rasse, welcher Züchter?«

Als ob ich mir bei meinem Gehalt einen reinrassigen Welpen vom Züchter leisten könnte, dachte Ella. Sie hatte mit einem bissigen Kommentar von Kim und Sam gerechnet, aber die schwiegen.

»Nein, ein Mischling. Aus dem Tierheim. Schon etwas älter. Er heißt Rudi.«

»Ein Mischling?!«, kam ein dreifacher Chor als Antwort.

»Mischlinge können sehr intelligent sein, und sie sind oft widerstandsfähiger gegen Krankheiten als hochgezüchtete Rassehunde«, sagte Ella, die dies in einer Zeitschrift gelesen hatte.

»Ein Hund aus dem Tierheim? Da wissen Sie ja gar nicht, was auf Sie zukommt. Der könnte schon wer weiß wie viele Vorbesitzer gehabt haben und völlig verzogen sein, womöglich sogar gefährlich.«

»Er war bis vor kurzem bei einer älteren Dame, die ins Altersheim musste und ihn nicht mitnehmen konnte«, gab Ella wieder, was Rudi ihr erzählt hatte. Oder hatte er sich diese Geschichte womöglich nur ausgedacht, um Mitleid zu erregen?

»Trotzdem. Ein älterer Hund! An dem werden Sie nicht viel Freude haben. Der wird bestimmt bald krank und stirbt.«

Unter dem Tisch erklang ein langgezogenes Jaulen. Hatte

Hans-Jürgen einem seiner Windhunde versehentlich auf den Schwanz getreten, oder verstanden sie, was Sterben und Tod bedeutete?

»Aber so lange kann ich ihm ja noch ein schönes Leben bieten.« Ella überlegte, wie alt Rudi sein könnte. Er war schon leicht grau um die Schnauze gewesen, das konnte aber auch Dreck gewesen sein. Sie müsste ihn unbedingt baden.

Stopp!, ermahnte sie sich selbst. Sie hatte sich schon so in ihre Ausrede hineingesteigert, dass sie selbst daran glaubte!

Nicht, dass Hans-Jürgen morgen Bericht von ihrer ersten Nacht mit Rudi erwartete. So viel Erfahrung mit Hunden hatte sie nicht, dass sie sich eine überzeugende Antwort aus den Fingern saugen konnte. Oder sollte sie auf Herrmann zurückgreifen?

»Wer ist Herrmann?«

»Großer schwarzer Schäferhund, stark, gutaussehend, riecht nach echtem Rüden«, suggerierte Ella in Richtung unter den Schreibtisch.

Eine lange weiße Schnauze schob sich unter der Tischplatte hervor und zwischen Ellas Knie.

»Tut mir leid, ich kann so nicht arbeiten«, rutschte es ihr heraus.

»Dann kümmern Sie sich zuerst um den Kündigungsfall. Ich gehe mit dieser Rasselbande mal kurz spazieren.«

Die Rasselbande schüttelte sich und trabte zur Tür, als hätte sie jedes Wort verstanden.

Ella folgte ihnen.

*

Als sie abends aus der Kanzlei trat, war die Straße menschenleer.

Aber nicht hundeleer.

Rudi lag neben der Eingangstür. Als er Ella sah, setzte er sich mühsam auf. »Hast du eigentlich eine Ahnung, wie spät es ist?«, fragte er vorwurfsvoll.

Ella sah auf ihre Armbanduhr. Für ihre Verhältnisse war sie extrem früh aus dem Büro gekommen. »Zwanzig vor acht.«

»Falsch! Es ist Nach-Abendfutter-Zeit, Dosenöffner.«

»Nenn mich nicht Dosenöffner«, motzte Ella. Hatte sie sich vorhin etwa noch gefreut, Rudi möglicherweise wiederzusehen?

Der schaute sie mit vorwurfsvollem Dackelblick an.

»Ich glaube, ich habe einen an der Waffel«, sagte Ella laut zu sich selbst.

»Waffel klingt lecker, aber Pizza ist besser. Also los, ich will was zu fressen!«

»Wohin?«, fragte Ella perplex.

»Na, nach Hause, schon vergessen? Ich will Abendfutter!«

Wollte der etwa tatsächlich mit? »Ich habe gar kein Hundefutter zu Hause«, wich Ella aus. Und natürlich auch keinen Napf, kein Halsband oder Geschirr, keine Leine und keine Steuermarke. Von all den anderen Dingen, die ein Hund benötigte und von denen sie keinerlei Ahnung hatte, ganz zu schweigen.

»Ach, Teller reicht, auf Fesseln stehe ich sowieso nicht, und Steuermarke haben Zeus und Apollo gefressen.«

»Zeus und Apollo?«

»Dobermänner. Liefen plötzlich auf der Hundewiese frei herum. Beinahe hätten sie mich auch gefressen!« Er warf ihr einen mitleidheischenden Blick zu, der Ella mitten ins Herz traf.

»Du hast keine Steuermarke?«

»Wenn ich kein Halsband habe, kann ich auch keine Steuermarke tragen, oder?«

Gegen so eine Logik – und ihr Helfersyndrom – kam selbst Ella nicht an. »In Berlin illegale Hunde aufzunehmen ist richtig teuer. Wenn wir kontrolliert werden, musst du weglaufen und dich verstecken.«

»Klar«, meinte Rudi nonchalant. »Das habe ich voll drauf. Aber nenn mich nicht illegal, das beleidigt meine Hundeseele. Können wir jetzt endlich?«

Auf dem Weg nach Hause kamen sie an einem Discounter vorbei. Ella schärfte Rudi ein, brav auf sie zu warten. Während sie wahllos verschiedene Sorten Hundefutter kaufte, überlegte sie, ob es ihr nicht lieber wäre, wenn Rudi nicht mehr vor dem Laden auf sie warten würde. Doch er war da.

Sie zeigte ihm eine der Dosen, was er mit spontanem Speichelfluss quittierte. Sobald sie Zeit hatte, musste sie unbedingt in einen vernünftigen Tierfutterladen und sich beraten lassen, welches Futter am besten für ihn war. Zum Tierarzt sollte sie auch mit ihm.

»Kein Arzt!«, kläffte Rudi leicht panisch.

»Aber baden und bürsten muss ich dich, sonst kommst du mir nicht in die Wohnung«, sagte Ella streng.

Rudi knurrte missmutig und zockelte deutlich langsamer als eben noch hinter ihr her.

Zu Hause ging Ella durch den Hausflur des Vorderhauses über den Hof und öffnete die Tür zum Hinterhaus, als ihr auffiel, dass Rudi nicht mehr hinter ihr war.

»Rudi?«, flüsterte sie. Zu rufen traute sie sich nicht, da sie nicht sicher war, ob Haustierhaltung laut Mietvertrag überhaupt erlaubt war. Vergeblich versuchte sie, sich zu erinnern, ob einer der anderen Hausbewohner Tiere besaß, aber ihr fiel niemand ein.

Dann sah sie den Spackel: Er markierte den Hinterhof als sein Revier. Alle paar Meter ein paar Tropfen.

»Rudi, nicht!«, zischte Ella. »Komm sofort her!«

Aber Rudi dachte gar nicht daran, zumindest nicht, bevor er nicht mit seiner Runde um den Hof fertig war. Ella konnte nur hoffen, dass keiner ihrer Nachbarn just in diesem Moment aus dem Fenster schaute.

Auf den Treppen japste er asthmatisch, aber Ella weigerte sich, ihn zu tragen. Sie trug schon sein Futter.

Kaum hatte sie die Wohnungstür aufgeschlossen, schoss Rudi blitzschnell an ihr vorbei und rannte aufgeregt schnüffelnd durch alle Räume. Hatte er sein Gejapse auf der Treppe etwa nur simuliert?

»Nicht gerade ein Palast, aber für den Moment wird's gehen«, befand er nach seiner Inspektion leicht von oben herab.

»Hör mal, ich bin diejenige, die die Miete bezahlt. Wenn's dir nicht passt, kannst du wieder gehen!« Wenn dich jetzt jemand hört, würde er dich gleich in die Klapse einweisen lassen, dachte Ella. Laut sagte sie: »Ab ins Badezimmer mit dir! Jetzt kriegst du erst mal eine Rasur verpasst.«

»Meine Dreadlocks!«, jaulte Rudi, als wolle sie ihm sonst was abschneiden, und stemmte alle vier Pfoten in den Boden.

»Das war der Deal. Sei froh, dass ich einen elektrischen Rasierer habe, damit geht es schnell und schmerzlos. Und danach ein Bad.«

Rudi kniff zwar den Schwanz ein, bewegte sich schließlich aber doch Richtung Badezimmer. Während Ella seinem verfilzten Pelz mit einem nicht für diesen Zweck gemachten Damenrasierer zu Leibe rückte, verwandelte sich ihr rotzfrecher Macho vorübergehend in einen mitleiderregenden Jammerlappen.

Nachdem sie einen deutlich kurzhaarigeren Hund in Ermangelung eines Flohshampoos mit einem nach tropischen Früchten duftenden Pflegeprodukt für seidenweiches, glänzendes Haar für die Frau ab dreißig eingeseift hatte, nieste Rudi so stark, dass Ella den nächsten asthmatischen Anfall befürchtete.

Dass er einfach nur ein guter Schauspieler war, merkte sie erst als sie ihn abgespült und mit einem ihrer älteren Frotteehandtücher trocken gerubbelt hatte. »Soll ich dich auch föhnen?« Sie stellte den Fön auf die höchste Stufe und hielt ihn in Rudis Richtung.

Anstatt Reißaus zu nehmen, warf er sich ihr begeistert entgegen. »Voll geil!«

»Was hast du denn für ein Vokabular drauf?«, schimpfte Ella. Solche Worte konnte er unmöglich bei einer älteren Dame aufgeschnappt haben!

»Ältere Damen haben Kinder und Enkelkinder und Freunde von Kindern. Auf der Freilaufwiese reden auch alle so. Besonders Gonzo.«

»Wer ist Gonzo?«

»Gemeiner Straßenköter. Läuft manchmal frei im Park rum.« Rudi ließ die Ohren hängen. Bis ihm etwas anderes einfiel: »Wo bleibt mein Futter?«

Ella gab nach. Immerhin hatte Rudi sich von ihr das Fell stutzen, baden und trocknen lassen. Das völlig verwüstete Bad konnte sie später immer noch putzen. Außerdem hatte sie selbst Hunger.

Sie schnitt sich eine Scheibe Brot ab, bestrich sie mit Butter und legte eine Scheibe Kochschinken darauf. Dann suchte sie nach einer Schüssel und einem Dosenöffner und leerte den Inhalt einer wahllos ausgesuchten Dose – irgendetwas mit Rind und Jelly – hinein. Als sie die Schüssel auf den Boden gestellt und sich wieder umgedreht hatte, war ihr Schinkenbrot verschwunden.

Ella starrte auf ihren leeren Teller. Hatte sie etwa Halluzinationen?

Erst ein Blick auf den mit schlechtem Gewissen schmatzenden Rudi machte ihr klar, wo das Brot geblieben war.

»Das war mein Abendessen!«, fuhr Ella ihn an. »Was würdest du denn von mir denken, wenn ich dein Hundefutter auffressen würde?!«

»Würde dir nicht schmecken«, behauptete Rudi, schlang hastig den letzten Bissen hinunter und machte sich sogleich über den Schüsselinhalt her.

Seine Diät musste wohl bis morgen warten.

*

Am nächsten Morgen stand Ella vor der Frage, ob sie Rudi den ganzen Tag über alleine in ihrer Wohnung lassen konnte, oder ob sie ihn wieder auf die Straße verfrachten sollte. Bisher hatte sie es noch nicht geschafft, in ihren Mietvertrag zu schauen. Hans-Jürgen kannte sich als Rechtsanwalt mit dieser Thematik sicherlich aus, aber er würde sie zu Recht kritisieren, wenn sie sich einen Hund anschaffte und erst danach klärte, ob seine Haltung überhaupt erlaubt war.

»Ich mach's mir hier gemütlich«, schlug Rudi vor.

»Nichts da«, meinte Ella. »Es kann sein, dass ich wieder zehn, zwölf Stunden auf der Arbeit bin, und du musst zwischendurch raus.«

»Ich verkneif's mir.«

»Das ist nicht gesund«, entgegnete Ella streng. Bekamen Rüden eigentlich auch Prostataprobleme?

»Hast du kein Katzenklo?«

»Sag bloß, du gehst auf ein Katzenklo?«, fragte Ella überrascht.

»Nein. Aber ich könnt's ja mal versuchen.«

Der Hof schied ebenfalls aus, weil der der Allgemeinheit gehörte und Ella nicht sicher war, ob nicht ein vermeintlich wohlmeinender Nachbar Rudi beim Tierheim abgeben oder auf die Straße lassen würde.

»Wir gehen zusammen zur Arbeit, und nach der Arbeit kannst du auf mich warten«, beschloss sie. Das »und vielleicht ist er nicht da und das Problem damit elegant erledigt« ließ sie unausgesprochen.

»Hey, wie kannst du so was auch nur denken!«, baute sich Rudi mit seinem schönsten Dackelblick vor ihr auf. Den hatte er echt drauf, musste Ella widerwillig zugeben.

Wenn sie ihn behielt, musste sie ihn offiziell anmelden. Glücklicherweise war er unter 40 cm hoch und kein Kampfhund, sodass sie keinen Sachkundenachweis brauchte.

»Natürlich bin ich ein Kampfhund!«

»Nicht nach dem Gesetz. Glaub mir, das ist besser so.«

Rudi schielte. »Aber ich bin ein Jagdhund!«

»Nicht mit dem Kampfgewicht. Da kannst du höchstens Staubmäuse jagen.«

»Das sind meine Gene, ich habe schwere Knochen«, behauptete Rudi und stolzierte an ihr vorbei. Auf der Treppe hatte er bei seinem Gewicht gewisse Probleme. Ella, die zusah, wie er die Treppenstufen hinunterrutschte, war fast in Versuchung, ihn auf den Arm zu nehmen, verkniff es sich aber.

Heute in der Mittagspause – so sie denn eine hatte – musste sie unbedingt ein Katzenklo, eine Hundebürste, Hundekottüten, Halsband und Leine und noch ein paar weitere Sachen besorgen. Für einen Hund, der sie nur als Dosenöffner und Brotschmierer betrachtete, war sie gerade dabei, ganz schön viel Zeit und Geld zu investieren.

»Ein Tier ist doch etwas Wundervolles«, schwärmte Hans-Jürgen Ella vor, die das nach einer Nacht mit Rudi, in der er mehrmals umgezogen und schlussendlich mit seiner Decke in ihr Schlafzimmer gekommen war, ganz anders sah. Nicht nur, dass sie Rudi mehrfach aus ihrem Bett hatte werfen müssen, für seine Größe konnte er auch beachtlich laut schnarchen. Da wäre ihr ein Mann ja schon fast lieber gewesen.

»Ja, wundervoll«, sagte sie stattdessen. »Sie kennen nicht zufälligerweise einen preisgünstigen Laden für Tierbedarf hier in der Nähe, wo ich in der Mittagspause mal schnell hingehen könnte? Ich brauche dringend noch ein paar Sachen.«

Aber entweder filterten Hans-Jürgens Ohren Wörter wie »Gehaltserhöhung«, »Feierabend« und »Mittagspause« heraus, oder er kannte sich hier tatsächlich nicht aus. »Fragen Sie doch mal die Kolleginnen. Und nicht, dass Sie mir über Ihre Töle die Arbeit vernachlässigen!«

Rudi wartete abends wieder neben dem Eingang. Ein kleines bisschen freute Ella sich darüber.

»Was du schon wieder von mir denkst! Ich bin kein Hund für eine Nacht. Das mit uns ist fürs ganze Leben.«

In Ermangelung einer Leine folgte Rudi ihr so durch den Park. Die Sonne schien, die Vögel sangen, die Hunde tollten über die Hundewiese, und Ella trat mit dem linken Fuß in Hundekot, den niemand weggeräumt hatte. Rudi feixte. »Ja, wenn du an Hunde gewöhnt wärst, hättest du die Tretmine gesehen.«

»Was machst du denn so den ganzen Tag alleine hier draußen?«, fragte Ella, genervt von ihrem eigenen Arbeitstag und dem stinkenden Haufen am Schuh. Natürlich hatte sie keine Mittagspause gehabt, in der sie hätte einkaufen können.

Rudi zuckte die Schultern. Man sah es deutlich, obwohl er dabei lief. »Im Park rumhängen. Gibt da 'n paar heiße Ladys.«

»Du meinst, die armen Dinger vom Drogenstrich?« So viel Lebenserfahrung hatte selbst Ella. »Bleib da mal lieber weg. Da liegen Spritzen und Nadeln rum, an denen du dich verletzen kannst.«

»Hallo? Heiße Ladys: Dackeldamen, Terrierdamen, Spitzdamen, Spanieldamen, Mopsdamen, Mischlingsdamen. Alles, was das Herz begehrt.«

»Du sprichst von Hündinnen als Damen, und von Menschen als Dosenöffner?« Ella blieb mitten auf dem Weg stehen und stemmte die Hände in die Hüften, woraufhin sie beinahe von einem Radfahrer überfahren wurde, der nach einem kurzen Schwenk unbeeindruckt weiterfuhr.

»Soll ich lieber von heißen Bräuten reden?«, fragte Rudi. »Was ist denn jetzt mit dem Katzenklo? Oder willst du, dass ich weiterhin im Park bei den Drogensüchtigen rumhänge?«

»Das ist Erpressung«, entgegnete Ella.

Rudi nickte.

Also stieg sie mit ihm in die S-Bahn, die nicht streikte, und fuhr zu einem Tierbedarfsshop, den ihre Kollegin ihr empfohlen hatte. Zurück hätte sie gerne, bepackt wie sie war, ein Taxi genommen, aber der Taxifahrer warf nur einen Blick auf Ella, Rudi, die Einkaufstüte, das Katzenklo und den 10-Kilo-Sack Trockenfutter, woraufhin er sich nicht zuständig fühlte. Also schleppte Ella alles per S-Bahn und Pedes nach Hause. Wenigstens einen positiven Nebeneffekt hatte das Ganze: Wenn sie Rudi behielte, würde sie von dem vielen Laufen und Schleppen auch ohne Fitnessstudio fit.

Zu Hause folgte zunächst eine Hetzjagd durch die Wohnung mit einem anschließenden Ringkampf mit Rudi wegen der Bürsterei. Das Ganze endete in einem Unentschieden und einer mit Hundehaaren völlig eingesauten Wohnung. Nachdem Ella wieder einigermaßen zu Atem gekommen war, zog sie mit dem Staubsauger durch die Wohnung. Danach gab es für Rudi eine Dose Hundefutter und für Ella zwei Joghurt sowie einen Fernsehfilm, über dem sie vor Erschöpfung einschlief.

Zarte Liebesbande

Allmählich arrangierten sie sich. Ella meldete Rudi vorschriftsmäßig an und ging mit ihm morgens um den Block und abends in den Park. Die Abende verbrachten sie zusammen auf der Couch, und nachts schlief er bei ihr im Schlafzimmer. Tagsüber blieb er alleine in der Wohnung und benutzte tatsächlich das Katzenklo. Dennoch versuchte Ella, das Büro jeden Abend ein paar Minuten früher zu verlassen – mit dem Hinweis, dass sie Rudi nicht so lange alleine lassen könne.

Hans-Jürgens Windhunde hatte sie seit ihrem letzten Besuch in der Kanzlei nicht wieder zu Gesicht bekommen. Wahrscheinlich hatten seine Ehefrau oder seine Geliebte wieder mehr Zeit für die eingebildeten Vierbeiner.

Das mit der Geliebten hätte sie Hans-Jürgen gar nicht zugetraut, dachte Ella. Sie hatte immer geglaubt, er lebte nur für seine Arbeit.

Dieser Glaube bestätigte sich, als sie am Montagmorgen ihren Schreibtisch sah. Hans-Jürgen hatte wohl, den Stapeln nach zu urteilen, die er ihr hinterlassen hatte, am Wochenende durchgearbeitet. Wieso konnte der Mann die Zeit nicht mit seiner Geliebten verbringen?

»Geliebte? Meinst du Sabine?«, piepste es unter dem Schreibtisch im Buchhaltungsbüro hervor, in dem Ella gerade stand.

Ella schaute Marianne, die Buchhalterin, die normalerweise recht laut und durchdringend sprach, an. »Hast du gerade etwas zu mir gesagt?«

»Nur, dass du dich mit den Rechnungen beeilen sollst. Wir haben kaum noch Geld auf dem Geschäftskonto.«

»Verstehe ich gar nicht, der Laden brummt doch«, sagte Ella kopfschüttelnd. Dann kam ihr ein anderer Gedanke:

»Hast du heute etwa deinen Hund dabei?«

Marianne schaute schuldbewusst. »Eigentlich sollte es niemand mitkriegen. Normalerweise passt meine Tochter nachmittags auf Pippa auf, aber sie ist diese Woche auf Klassenfahrt, deshalb habe ich ausnahmsweise …«

»Vor mir brauchst du dich nicht zu rechtfertigen. Vielleicht bringe ich Rudi auch mal mit.« Dann fiel Ella noch etwas anderes ein. »Kennst du eigentlich eine Sabine?«

»Sabine?« Jetzt war Marianne das schlechte Gewissen wirklich ins Gesicht geschrieben. »Wie hast du das denn rausgekriegt?«

»Instinkt«, sagte Ella vage. »Geht mich auch nichts an, nicht wahr?«

Eine Chihuahua-Schnauze schob sich am Tischbein vorbei und beschnüffelte Ellas Bein.

»Na ja, ich finde es schon ein starkes Stück«, antwortete Marianne ungefragt. »Gleichzeitig mit Dieter und mit Hans-Jürgen … und die beiden wissen's nicht mal.«

Während Ella Pippa streichelte, rasten ihre Gedanken. Dieter Schmidt war Hans-Jürgens Stellvertreter. Bedeutete das etwa, dass diese Sabine gleichzeitig mit zwei Anwälten aus der Kanzlei was am Laufen hatte?

»Ja, Männer«, seufzte sie, in der Hoffnung, dass Marianne mehr erzählen würde, was diese aber nicht tat. Also legte Ella nach: »Ich wundere mich trotzdem. Hans-Jürgen scheint genauso viel zu arbeiten wie immer, nach dem zu schließen, was er mir alles zum Bearbeiten übergibt.«

»Diese Sabine ist Steuerberaterin.«

»Aber wir arbeiten doch schon seit Urzeiten mit den gleichen Steuerberatern, oder?«

Marianne nickte. »Schon seit fünfzehn Jahren, so lange, wie ich hier bin. Aber ich glaube, Sabine ist eine der neuen Juniorpartnerinnen dort.«

»Komisch, dass ich sie hier noch nie gesehen habe«, überlegte Ella laut. »Ich meine, wenn sie unsere Kanzlei betreut, dann müsste sie ja ab und zu mal vorbeikommen.«

»Glaube mir, das tut sie. Allerdings nur zu Zeiten, wo niemand von uns da ist. Ich hab's nur durch Zufall herausgefunden, weil ich eines Abends meinen Regenschirm vergessen hatte und noch mal zurückkommen musste.«

»Und da hast du ...?«

»Sie hat die beiden im Kopierraum erwischt«, klärte Pippa sie auf, bevor Marianne »Die Situation war eindeutig« sagen konnte.

Ella schwieg betroffen. »Das hätte ich von Hans-Jürgen nicht gedacht.«

»Doch nicht Hans-Jürgen! Der trifft sich mit ihr in Restaurants, das habe ich in der Mittagspause ein paar Mal gesehen. Nein, Dieter!«

Das Bild, wie einer der Partneranwälte mit Hans-Jürgens Geliebter spätabends im Kopierraum nicht nur Akten kopierte, wollte gar nicht mehr aus Ellas Kopf. Das hatte sie nun davon, wenn sie auf Büroklatsch hörte.

»Vielleicht hat diese Sabine ja was mit unserem niedrigen Kontostand zu tun«, mutmaßte Ella ins Blaue hinein. Sie klatschte nicht gerne, aber hier ging es schließlich darum, an Informationen zu kommen.

»Meinst du?« Marianne sah sie mit großen Augen an und schlug sich die Hand vor den Mund. »Aber alle Einnahmen und Ausgaben müssen doch über mich gehen!«

»Möglicherweise geht es um irgendwelche Steuersparmodelle, von denen wir keine Ahnung haben?«

Ella konnte förmlich sehen, wie es in Mariannes Gehirn klackerte. »Da waren in letzter Zeit tatsächlich ein paar hohe Überweisungen ...«

»Tja, du bist die Buchhalterin. Falls dir irgendwelche Unregelmäßigkeiten auffallen, musst du das melden.«

»Ja, aber an wen denn? Etwa an die Herren? Wenn die womöglich dahinterstecken? Dann verliere ich meinen Job!«, zischte Marianne angstvoll.

Das sah Ella natürlich ein. »Schau doch erst mal, was überhaupt Sache ist. Dann können wir immer noch überlegen, an wen man sich am besten wendet. Vielleicht ist ja auch alles in bester Ordnung.«

»Pah!«, kam es verächtlich aus Richtung Fußboden.

»Wenn du was weißt, solltest du das besser sagen!«, suggerierte Ella Richtung Teppichratte.

»Mein Name ist Chihuahua, ich weiß von nichts.«

Mit dieser renitenten Fußhupe war echt nicht zu reden, dachte Ella resigniert. Dabei wusste Pippa ganz bestimmt etwas.

»Hast du mich etwa gerade Teppichratte und Fußhupe genannt?«

»Hast du etwa gerade behauptet, nichts zu wissen?«

»Vielleicht weiß ich ja doch was«, sagte Pippa.

»Vielleicht reicht nicht«, antwortete Ella. »Wenn du was zu sagen hast, komm in mein Büro, da sind wir ungestört.«

Aber Pippa zog ihre Schnauze wieder zurück und machte es sich unter Mariannes Schreibtisch gemütlich.

Ella ging an ihren eigenen Schreibtisch zurück und begann, sich durch die darauf liegenden Stapel zu arbeiten. Etwas Verdächtiges fiel ihr nicht auf. Die meisten Fälle waren ihr bekannt, da sie sich schon über einige Zeit hinzogen. Ablage, Termine vereinbaren, Akten raussuchen, Diktate von Hans-Jürgen tippen. Der Tag verging schnell.

Vielleicht sollte ich Rudi mal mit ins Büro nehmen, dachte Ella. Eventuell verrät diese hochnäsige Pippa ihm etwas.

Gedacht, getan. Früh am nächsten Morgen schmuggelte

sie Rudi in die Kanzlei, wo er sich sogleich interessiert umsah. Anscheinend roch er Kim, Sam und Pippa.

»Rassehunde«, kommentierte Rudi verächtlich. »Hochnäsige Angeber, die sich für was Besseres halten.«

»Zwei Windhunde und ein Chihuahua, und möglicherweise auch ein Mops.«

»Mops rieche ich nicht. Aber der Chihuahua ist hier.«

Also öffnete Ella unauffällig die Tür zum Buchhaltungsbüro, damit Rudi Pippas Spur folgen konnte. Es dauerte fast eine Stunde, bis Marianne ihn zurückbrachte.

»Der tauchte plötzlich bei mir auf. Ich habe mir schon gedacht, dass das deiner sein muss, aber Dieter hatte ein paar dringende Fragen, deshalb konnte ich nicht früher vorbeikommen.«

»Ist es nicht merkwürdig, dass Dieter plötzlich so viele Fragen hat«, sagte Ella so neutral wie möglich. »Sonst hast du doch immer an Hans-Jürgen berichtet, nicht wahr?«

Marianne nickte. »Na, wird schon seinen Grund haben. Vielleicht wollen sie die Kanzlei vergrößern, einen wichtigen Klienten gewinnen, wer weiß.«

Ella schüttelte den Kopf. So dumm, das zu glauben, konnte selbst Marianne nicht sein. »Hat sich unser Steuerberater gemeldet?«

»Ja, der hat mir ein paar Anweisungen gegeben. Ich weiß aber nicht, ob ich das machen kann. Ich habe zwar keinen hippokratischen Eid geschworen, aber ich bin geprüfte Bilanzbuchhalterin, keine angelernte Angestellte. Irgendwie geschehen hier gerade merkwürdige Dinge.«

Aber außer dieser vagen Andeutung war aus Marianne nichts weiter herauszubekommen. Ella verging fast vor Neugier, aber ihre Kollegin war bei allem privaten Klatsch und Tratsch eine jederzeit korrekte Buchhalterin. Sie konnte nur hoffen, dass Rudi weniger diskret und Pippa weniger verschwiegen war.

In der Tat, nach einer kurzen Bestechung mittels Hundekeksen kam Rudi direkt zur Sache.

»Pippa ist heiß. Genau mein Typ.«

Ella verschluckte sich an ihrem heißen Tee. »Rudi, wie sprichst du denn von ihr?«

Ihr Möchtegern-Casanova setzte einen seligen Dackelblick auf. »Sie will mich. Das weiß ich, obwohl sie sich eben geziert hat.«

»Hast du denn was über Sabine rausfinden können?«, lenkte Ella schnell ab. Mit dem Liebesleben ihres Hundes war sie völlig überfordert. Sie hatte nicht mal ihr eigenes im Griff, beziehungsweise gar keins, Punkt.

»Sabine und Dieter ziehen Gelder aus der Firma ab. Das darf Hans-Jürgen aber nicht wissen, weil er ihr privat Geld geliehen hat. Sie hat beiden erzählt, dass sie sich selbständig machen will und dafür Startkapital braucht.«

»Ach du dickes Ei!«, sagte Ella. Dann fiel ihr etwas auf. »Woher hat Pippa denn diese Info?«, überlegte sie misstrauisch.

»Na, von Kim und Sam, von wem denn sonst?«

Hatten Hans-Jürgen und Marianne ihre Hunde doch öfter mitgebracht, als sie mitbekommen hatte? »Heißt das, diese Sabine hat sich nur wegen Geld an Hans-Jürgen und Dieter rangemacht?«

»Ihr Dosenöffner immer mit eurer Kohle! Kein Wunder, dass ihr ständig Probleme habt. Was braucht man schon außer einem warmen trockenen Plätzchen zum Schlafen, genug zu Fressen und Zeit zum Spielen?«

Aus seinem Maul klang es so einfach. Aber Rudi war ein Hund. Ella hingegen war ein Mensch, der Miete und Essen zahlen musste. Sie überlegte, ob sie sich nicht dringend nach einem neuen Job umsehen sollte, bevor hier womöglich die Firma den Bach runterging.

Ob sie Hans-Jürgen ihren Verdacht mitteilen sollte? Aber wie konnte sie das machen, ohne sich anmerken zu lassen, dass sie Bescheid wusste?

Sei ehrlich, sagte sich Ella, deine Theorie basiert einzig und allein auf der Aussage eines Hundes, mit dem du gesprochen hast. Alleine das sollte vor Gericht ausreichen, um dich nicht in den Zeugenstand, sondern auf direktem Weg in die geschlossene Anstalt zu bringen. Da würde auch Gabis Zertifikat nicht helfen.

Sie seufzte. Diese Sabine machte sich an Hans-Jürgen und Dieter gleichzeitig ran, und sie saß mit Rudi allein zu Hause.

»Nimm's nicht so schwer, meine süße Labradorlady hängt jetzt mit diesem fiesen Gonzo rum.«

Ella stellte sich den Größenunterschied zwischen Rudi und einem Labrador vor und fragte sich, ob eine Paarung zwischen beiden überhaupt möglich wäre.

»Klar!«, brüstete sich Rudi. »Schon Dutzendmal!«

»Bist du eigentlich kastriert?«, fragte Ella, unsicher, ob das jetzt ein Eingriff in Rudis Privatsphäre war. Andererseits hatte sie keine Lust, für ungewollten Mischlingsnachwuchs verantwortlich gemacht zu werden. Bisher hatte sie es immer noch nicht geschafft, ihn vom Tierarzt durchchecken zu lassen.

Rudi guckte schräg. »Waaas?«, kläffte er empört.

Ella zog es vor, die Unterhaltung schnellstmöglich in andere Bahnen zu lenken. »Wie gefällt es dir hier eigentlich?«

Ihr Hund trottete unter den Schreibtisch zurück. »Ehrlich? Ätzend. Keine weiche Decke, auf die man sich legen kann, kein Baum, an den man pinkeln kann …«

»Schon gut«, sagte Ella schärfer als beabsichtigt. »Ich meinte die Atmosphäre.« Sie legte ein Ringbuch mit Schwung auf den Tisch, sodass Rudi darunter den Kopf einzog. »Entschuldige bitte.«

»Die Atmosphäre ist furchtbar. Aber das ist egal, denn ich

liebe dich bedingungslos und will mit dir zusammen sein. Egal wo wir sind. Schließlich habe ich dich auserwählt.«

Ellas Herz schmolz. Wer konnte diesem Dackelblick schon widerstehen?

Missmutig betrachtete sie die Aktenstapel, die immer höher und höher zu werden schienen, egal, wie schnell sie arbeitete und wie viele Überstunden sie machte. Vor lauter Stress war sie in den letzten Jahren gar nicht dazu gekommen, sich um andere Dinge in ihrem Leben zu kümmern. Erst jetzt, durch Rudi, wurde ihr bewusst, dass es noch mehr im Leben gab außer Arbeit. Aber wie konnte sie ihr Leben ändern?

»Auch der längste Weg beginnt mit einem ersten Schritt«, philosophierte Rudi. »Aber du musst schon selber laufen, ich kann dich nicht tragen.«

Mental ging Ella ihre Möglichkeiten durch: Sie konnte mit Hunden kommunizieren. Ob mit anderen Tieren auch, schien eher fraglich – weder die Taube auf der Straße noch die Fliege in ihrer Wohnung hatten mit ihr sprechen wollen. Sie beherrschte die üblichen Sekretariatsarbeiten. Die Liste der Fähigkeiten, die sie nicht besaß, war deutlich länger. Damit zum Arbeitsamt zu gehen, war ein aussichtsloses Unterfangen.

»Fangen?«, erklang es hoffnungsvoll unter dem Tisch hervor.

Wie konnte sie nur vergessen, dass ihr Hund ständig ihre Gedanken las? So konnte sie nicht einmal arbeiten. Es war keine so gute Idee gewesen, Rudi heute mitzunehmen.

Kurz davor, in Selbstmitleid zu versinken, ertönte es plötzlich zweistimmig: »Immer nur arbeiten ist blöd« und »Haben Sie endlich den Hundefall für mich?«

Der erste Satz kam von Rudi, der zweite von Hans-Jürgen, der sie ungehalten ansah.

Hundefall? Worum handelte es sich da? Endlich fiel es Ella wieder ein: Ein Hund hatte angeblich einen Postboten gebissen, als der ein Einschreiben abgeben wollte.

»Bringe ich Ihnen sofort«, sagte sie, während sich die Gedanken in ihrem Kopf überschlugen. Was, wenn der Hundehalter die Story einfach nur erfunden hatte, damit er behaupten konnte, das Einschreiben nie bekommen zu haben? Vielleicht war es etwas Unangenehmes, und er hatte den Hund selbst auf den Postboten gehetzt? Oder der Hund hatte den Brief aufgefressen?

»Ist der Hund eigentlich schon vernommen worden?«

Hans-Jürgen schaute Ella ein paar Sekunden zu lange an. »Geht es Ihnen nicht gut, Eleonora?«

»Sag ja, sag ja, dann schickt er uns vielleicht nach Hause!«, bellte Rudi.

Leider bellte er zu laut. Hans-Jürgen bückte sich und schaute unter den Tisch. Rudi schaute zurück, das personifizierte schlechte Gewissen.

»Eleonora! Wie kommen Sie dazu, einfach Ihren Hund mitzubringen?«

»Aber Marianne hat ihren doch auch dabei«, entgegnete Ella ohne Nachzudenken.

Hans-Jürgen drehte sich von Rudi zu Ella um. »Wie bitte?«

»Sag ihm, dass Dieter Hunde erlaubt hat«, soufflierte Rudi.

»Verzeihung, aber Herr Schmidt hat erlaubt, dass wir unsere Hunde mitbringen dürfen«, flunkerte Ella. »Irgendetwas wegen einer Sabine, hat er gesagt.«

»Sabine?« Nun war es Hans-Jürgen, der unsicher blickte.

Ella nickte bekräftigend, in der Hoffnung, dass ihr Bluff ausreichen würde.

»Da werde ich wohl mal mit ihm sprechen müssen«, sagte Hans-Jürgen energisch und knallte die Tür hinter sich zu.

»Rudi!«, schimpfte Ella. »Du kannst doch über Gedanken

kommunizieren, wieso musstest du bellen?«

»Tut mir leid, ist wohl mit mir durchgegangen«, antwortete er kleinlaut.

Ella seufzte.

Die Idee, Hunde als Zeugen zu befragen, gefiel ihr trotzdem.

*

Sie erfuhr nie, ob oder was Hans-Jürgen und Dieter besprochen hatten, aber seit diesem Tag waren Hunde im Büro offiziell erlaubt, solange sie Klienten aus dem Weg blieben. In solchen Fällen quartierte Hans-Jürgen Kim und Sam gerne bei Ella unter. Rudi war von den beiden zwar nicht begeistert, weil er sie für hochnäsige Schnösel hielt, aber Ella hatte ihm eingeschärft, diese Meinung tunlichst für sich zu behalten und sie auf keinen Fall gegenüber den beiden zu äußern, denn schließlich waren sie finanziell von Hans-Jürgen abhängig. Beide. Eine Alternative hatte sich bisher noch nicht aufgetan.

War es Zufall, dass ihr gerade an diesem Abend beim Aufräumen Gabis Zertifikat und der Flyer des Gutshofs wieder in die Hände fiel?

Nach kurzem Zögern öffnete sie die Broschüre und schaute sich das Programm an. Die meisten Kurse waren inzwischen vorbei, aber die Website würde sicher aktuell sein.

Zunächst recherchierte Ella jedoch über Gabi. Diese pries sich als anerkannte Koryphäe auf dem Gebiet der Tierkommunikation an. Ein Kurs bei ihr kostete normalerweise viele hundert Euro. Ella war verblüfft. Noch überraschter war sie, dass Gabi am übernächsten Wochenende einen Refresher-Kurs anbieten wollte. Wieder auf dem Gutshof.

Ella zögerte, ging dann aber doch auf die Website des

Gutshofes. Am besagten Wochenende wurde nicht nur Gabis Kurs angeboten, sondern auch ein Töpferkurs. Mit Ton arbeiten hatte ihr schon in der Schule viel Spaß gemacht. Der Töpferkurs war, im Gegensatz zu Gabis Tierkommunikation-Refresher, auch bezahlbar. Außerdem war er, anders als Gabis Kurs, noch nicht ausgebucht.

Sollte sie, oder sollte sie nicht? Schließlich hatte sie beim letzten Mal keinen allzu guten Eindruck hinterlassen, weder bei Mandy, die sie als Verrückte bezeichnet hatte, weil sie jeden Kurs belegte, noch bei Gabi, die sie immer sehr von oben herab behandelt hatte.

Dann fiel ihr die perfekte Ausrede ein. »Ich kann ja gar nicht hinfahren, ich kann dich schließlich nicht alleine lassen«, frohlockte sie in Rudis Richtung.

»Dann nimm mich mit«, antwortete der.

»Das darf man bestimmt nicht.«

»Steht das da? Wenn nicht, ruf an und frag!«, befahl Rudi.

Wie schnell er sich zum Herrn im Haus entwickelt hatte. Fast wie ein echter Mann. Ella kniff die Lippen zusammen.

Aber wie sich herausstellte, konnte sie Rudi problemlos mitbringen, gegen einen Aufpreis von zehn Euro am Tag inklusive Futter.

Ein Bahnticket würde sie auch brauchen. Ella seufzte: Ein Kleinwagen würde jetzt wirklich gelegen kommen.

»Dann miete doch einen«, sagte Rudi. »Aber nimm einen mit Navi. Weibliche Dosenöffner haben null Orientierungssinn.«

Das war tatsächlich eine gute Idee. Ella schickte ein Stoßgebet gen Himmel, dass sie zu dieser Zeit frei bekam, und buchte Töpferkurs und Mietwagen.

*

Sie hatte Glück. Hans-Jürgen war an genau diesem Wochenende mit Freunden Segeln, und Ella konnte freitags schon um die Mittagszeit gehen, sodass sie zeitig mit Rudi und viel Gepäck, das meiste davon seins, Richtung Brandenburg aufbrach.

Die Anreise mit dem Auto war tatsächlich deutlich einfacher als mit der Bahn. Obwohl Ella lange nicht mehr gefahren und auf den ersten Kilometern sehr unsicher war, entspannte sie sich, kaum dass sie den Berliner Verkehr hinter sich gelassen hatte. Am späten Nachmittag trafen sie auf dem Seminarhof ein.

»Ach, du Verrückte schon wieder«, begrüßte Mandy sie. »Na, wieder tausend Kurse gleichzeitig?«

»Nein, diesmal nur einen«, entgegnete Ella freundlich.

»Nicht bei Gabi?«

»Nein, der war schon voll«, antwortete Ella wahrheitsgemäß, und fügte dann, ebenfalls wahrheitsgemäß, hinzu: »Ehrlich gesagt, hätte ich mir den gar nicht leisten können.«

»Verstehe«, nickte Mandy. »Na ja, wer weiß, vielleicht nimmt sie dich trotzdem wieder dazu. Kannst sie ja mal fragen.«

Doch Ella schüttelte den Kopf. »Nein, diesmal bin ich nur zum Töpfern hier.« Dass Gabi ihr damals als Nachrückerin einen saftigen Rabatt gegeben hatte war zwar nett von ihr gewesen. Aber sie wollte nicht den Anschein erwecken, als spekulierte sie darauf.

»Gabi ist jedenfalls schon da, kannst ihr beim Abendessen ja Hallo sagen. Viel Spaß noch, du Verrückte.«

Ob ihr Vater weiß, dass seine Tochter ihre Gäste als Verrückte bezeichnet?, überlegte Ella.

Erst jetzt entdeckte Mandy Rudi, der bisher den Hof erkundet hatte und nun hineintrottete. »Hey, was bist du denn für ein Süßer?«

»Hast du gehört, wie sie mich genannt hat?«, fragte Rudi und setzte sein schönstes Dackellächeln auf.

Ella nickte in seine Richtung. »Das ist Rudi, er ist ein Spackel«, antwortete sie für ihn.

»Cool, dass du jetzt auch 'nen Hund hast. Ist aber ein bisschen fett, der Gute, oder?« Mandy reichte Ella einen Zimmerschlüssel. »Du kennst dich ja schon bei uns aus.«

»Sie hat mich fett genannt!«, entrüstete Rudi sich.

Ella entschloss sich, dies nicht zu kommentieren.

Ihr Zimmer lag wieder im Erdgeschoss, diesmal nicht zum Innenhof, sondern zu einer Wiese hin. Der Duschvorhang war gelb.

»Hier gefällt's mir!«, stellte Rudi aufgeregt schnüffelnd fest.

Da noch etwas Zeit bis zum Abendessen war, leinte Ella ihn trotz seines Protestes, dass er erwachsen sei und schon nicht weglaufen würde, an und ging mit ihm spazieren. Diesmal wagte sie sich sogar ein Stück in den Wald. Schließich hatte sie Rudi dabei, der sie sicher heimführen konnte.

Der dachte jedoch gar nicht an Umkehren, sondern rannte aufgeregt schnüffelnd abwechselnd links und rechts ein paar Meter in den Wald. »Komm schon, mach mich los«, winselte er, aber Ella blieb hart. Nicht, dass Rudi auf Nimmerwiedersehen im Wald verschwand und sie alleine zurückließ.

Fing sie etwa an, die freche Fellwurst zu mögen?

Zurück auf dem Gutshof bekam Rudi sein Fressen, das Mandy bereitgestellt hatte. Natürlich ließ er es sich nicht nehmen zu bemerken, dass ihm frisch zubereitetes Futter deutlich besser schmeckte als die Dosenkost, die Ella ihm servierte.

»Ich dachte, du wolltest einen Dosenöffner? Dann beschwer dich nicht, wenn ich genau das mache, nämlich

Dosen öffnen«, konterte Ella. »Ich schaffe es ja noch nicht mal, für mich selbst zu kochen.«

»Vielleicht solltest du das mal anfangen, dann wärst du nicht so dick.«

Ella wollte schon seine Ausrede benutzen, dass sie lediglich schwere Knochen hätte, sah aber nach einem Blick in den Spiegel ein, dass ihr Vierbeiner leider recht hatte. Wahrscheinlich würde eine Ernährungsumstellung ihnen beiden gut tun.

Mit diesem Gedanken ging sie in den Speiseraum, während Rudi auf dem Zimmer zurückblieb. Sie war ein wenig zu früh und setzte sich an einen freien Tisch.

Plötzlich stand Gabi vor ihr. »Oh, ich hatte gar nicht gesehen, dass du dich wieder bei mir angemeldet hast!«

Ella wurde rot und kam ins Stottern. »Nein, also, das ist eher ein Zufall, dein Seminar ist ja voll, ich bin zum Töpfern hier, also ich mache was ganz anderes.«

Gabi setzte sich ungefragt zu ihr. »Und, wie läuft's bei dir? Hast du inzwischen ein eigenes Haustier, mit dem du schön üben kannst?«

Beim Stichwort ›üben‹ bekam Ella prompt ein schlechtes Gewissen. »Ja, ich habe inzwischen einen Hund, aber überhaupt keine Zeit zum Üben. Ich sollte mein Zertifikat wieder zurückgeben.« Schließlich hatte es außer bei ein paar Hunden nicht geklappt.

»Unsinn!«, sagte Gabi scharf. »Ich bin eine der besten Tierkommunikatoren Deutschlands. Du kannst doch dein Zertifikat nicht zurückgeben, damit zerstörst du mir meinen Schnitt!«

Das wiederum verstand Ella nicht. »Aber ich brauche es nicht. Ich will gar nicht mit, beispielsweise, der Spinne auf meiner Fensterbank reden. Außer vielleicht, um sie zu bitten, nach draußen zu gehen, weil ich sie nicht in meiner Wohnung haben will.«

»Ach, was Spinnen reden, wird sowieso überbewertet«, wischte Gabi Ellas Einwand beiseite.

»Dann ist es ja gut, dass es bei mir nicht geklappt hat mit der Tierkommunikation.«

»Behalt's wenigstens für dich!«, rüffelte Gabi. »Ich habe schließlich einen Ruf zu verlieren.«

*

Am nächsten Morgen erwachte Ella früh und ausgeruht. Vielleicht könnte sie vor dem Frühstück noch einen Spaziergang mit Rudi machen?

So voller Tatendrang kannte sie sich gar nicht. Und auch nicht so sportlich motiviert. Dabei hatte sie diesmal gar keine Sportsachen dabei! Ob das an der ungewohnt frischen Luft in Brandenburg lag?

Im Hof kam ihr wieder der Gutsbesitzer mit seinem Hund entgegen. Wie hieß der noch gleich? Rover. Ella grüßte Martin, der ihren Gruß mit einem Lächeln erwiderte, und sah dann Rover an. Die Dogge schaute desinteressiert an ihr vorbei.

»Eine ungewöhnliche Frau. Ob sie diesmal wieder so viele Kurse gebucht hat? Sie muss entweder total unterfordert, gelangweilt oder depressiv sein«, vernahm Ella in ihrem Kopf eine Stimme.

Sprach Rover etwa doch mit ihr?

Doch – Moment mal. Solche Gedanken passten nicht zu einem Hund. Außerdem guckte Rover gerade in eine ganz andere Richtung und beachtete sie gar nicht.

Ellas Kopf flog herum.

Fassungslos sah sie Martin an.

Er erwiderte ihren Blick mit einem netten Lächeln, das einen Anflug von schlechtem Gewissen zu beinhalten schien.

Fast, als habe sie seine Gedanken gelesen!

»Nicht du, sondern ich«, seufzte Rudi, der sich bei Rovers Anblick hinter Ella gestellt hatte. »Ich dachte mir, es würde dich vielleicht interessieren, was er über dich denkt.«

»Kannst du etwa die Gedanken aller Menschen lesen? Nicht nur meine?«, fragte Ella fassungslos.

»Klar. Nichts leichter als das.«

Jetzt war Ella tatsächlich platt. Was bei ihr in puncto Tierkommunikation nicht funktionierte, schien umgekehrt gar kein Problem zu sein.

Schnell verabschiedete sie sich von Martin und Rover, die ihr verwirrt nachsahen, bevor Rudi weitere peinliche Gedanken dolmetschen konnte.

*

Im Töpferkurs versuchte Ella sich an einer Vase, die jedes Mal durch eine ungeschickte Bewegung wieder zu einem Tonklumpen wurde, und entschied sich stattdessen für eine Schale. Was sollte sie auch mit einer Tonvase? Sie selbst kaufte sich keine Blumen, und bekam auch keine geschenkt. Außer von Hans-Jürgen zum Geburtstag, aber den Strauß musste sie immer selbst besorgen, und er stand dann, bis er verwelkte, auf ihrem Schreibtisch im Büro.

In eine Schale konnte sie immer noch Obst legen. Oder Rechnungen.

Zunächst jedoch konnte sie gar nichts hineinlegen, denn die Kursleiterin teilte ihnen mit, dass die hergestellten Stücke mindestens eine Woche trocknen müssten.

»Der zweite Kursteil findet in vier Wochen statt, das stand doch bei der Kursbeschreibung!«, wies sie Ella darauf hin. »Bis dahin habe ich eure Sachen gebrannt, und dann könnt ihr sie glasieren, bevor ich sie ein weiteres Mal brenne.«

Ob Hans-Jürgen in vier Wochen zufälligerweise wieder am Wochenende weg wäre?, grübelte Ella und schickte sicherheitshalber ein weiteres Stoßgebet gen Himmel. Dabei war sie sich gar nicht sicher, ob sie sich hier noch einmal blicken lassen konnte. Mandy hielt sie für verrückt, Martin trotz seines netten Lächelns für gelangweilt-unterfordert-depressiv, und Gabi war nicht gut auf sie zu sprechen, weil sie nach ihrem Kurs keine perfekte Tierkommunikatorin war. Die anderen Töpferkursteilnehmer ignorierten sie, genau wie Rover. Ihr einziger Freund war Rudi.

»Nun mach mal nicht auf depri«, sagte der, als sie ihm beim abendlichen Spaziergang ihr Leid klagte. »Du hast ein warmes Bett und gutes Fressen, was wollt ihr Menschen denn mehr? Wir können auch tauschen. Ich nehme dein Bett und du schläfst auf dem Boden.«

Manchmal wünschte Ella sich wirklich, ein Hund zu sein. Bevor sie darüber jedoch eine philosophische Grundsatzdiskussion mit Rudi starten konnte, fragte eine Stimme hinter ihr: »Na, wie hat Ihnen Ihr Töpferkurs gefallen?«

Es war Martin, diesmal ohne Rover.

»Ja, ganz gut«, stotterte Ella, die wie ein Kaninchen vor der Schlange darauf wartete, was nun folgen würde.

»Diesmal machen Sie nur einen Kurs?«

»Ja, das war letztes Mal wirklich ein bisschen viel«, gab sie zu. »Schließlich soll man sich hier erholen, nicht noch mehr stressen, nicht wahr?«

Er lächelte, fast ein bisschen gütig. »So langsam fängt sie an, es zu kapieren.«

Ella runzelte die Stirn ob dieser Formulierung. Dann ging ihr ein Licht auf: Martin hatte die Lippen gar nicht bewegt. Er hatte es nur gedacht, nicht ausgesprochen! Und Rudi hatte natürlich wieder nichts Besseres zu tun gehabt, als ihr Martins Gedanken brühwarm zu stecken.

Laut sagte er: »Schön, dass Sie jetzt auch einen Hund haben.«

»Ja, ein Spackel, eine Mischung aus Spitz und Dackel«, erklärte Ella.

»Ein Jagdhund braucht viel Bewegung.«

»Hah! Siehst du, er hat sofort erkannt, was ich bin!«, bellte Rudi begeistert.

»Aber geben Sie ihm etwas weniger zu fressen. So viel Gewicht ist nicht gut für seine Gelenke.«

»Wem sagen Sie das«, seufzte Ella mit Blick auf Rudi, der Ohren und Schwanz hängen ließ, als gingen ihm Martins Worte nahe. »Am besten sollte ich gleich mitmachen.«

Er antwortete darauf nicht, und auch Rudi hüllte sich und Martins Gedanken in Schweigen.

Ella musterte den Gutsbesitzer verstohlen. Er war kein Adonis, sah eher durchschnittlich aus, hatte aber ein nettes Lächeln, obwohl seine Augen ein bisschen traurig blickten.

Ella hatte plötzlich weiche Knie und ein Kribbeln im Bauch. Sie errötete wie ein Teenager. Warum nur musste Rudi sie ständig wie den letzten Depp aussehen lassen?

»Tja, dann hoffe ich, dass Sie hier die Erholung finden, die Sie sich wünschen«, unterbrach Martin ihre Gedanken, und Ella fühlte sich, als hätte er einen Eimer kaltes Wasser über sie ausgeschüttet. Für ihn war sie nur ein Gast. Mehr noch, ein ziemlich verrückter Gast. Er hatte eine Tochter im Teenageralter, eine Frau, einen Hund, einen Seminarbetrieb und ganz sicher keinen Platz in seinem Leben für einen emotional unterentwickelten und frustrierten Moppel wie sie.

*

Den Sonntag über versuchte Ella, mit eifrigem Töpfern, ihr emotionales Chaos zu verdrängen. Das Ergebnis waren zwei weitere Schalen, ein vierbeiniges Tier, das mit viel Fantasie ein Hund hätte sein können, sowie die Erkenntnis, dass eine unerfüllte Sehnsucht nach einem armen, verheirateten Gutsherrn ein so kitschiges Klischee war, dass einem nur übel werden konnte.

Liebesgefühle waren Ella sowieso fremd. Früher hatten ihre Eltern mögliche Verehrer immer sehr schnell vergrault. Besonders ihrem Vater war kein Mann gut – und wohlhabend – genug gewesen für seine Tochter. Dann, als sie erst einmal pflegebedürftig wurden, hatte Ella gar keine Zeit mehr für ein eigenes Privatleben gehabt. Und in den letzten Jahren hatte Hans-Jürgen sie so mit Beschlag belegt, dass sie viel zu erschöpft war, um sich in ihrer knappen Freizeit nach einem passenden Partner umzusehen.

Ausreden, sagte eine Stimme in Ellas Kopf, die ausnahmsweise mal zu ihr selbst gehörte.

Was sollte sie nur machen? In vier Wochen fand der zweite Teil des Töpferkurses statt. Sie könnte einfach ihre ungebrannten Schalen so mitnehmen, oder sie sich brennen und dann zuschicken lassen.

Wofür brauchte sie drei Tonschalen und ein unerkennbares Tontier? Ella schüttelte den Kopf über sich selbst. Sie war normalerweise so beherrscht, funktionierte eigentlich immer wie ein Uhrwerk. Und nun hatte ein unüberlegter Seminarbesuch ihr ganzes Leben durcheinandergebracht!

Beim Abschied am Sonntag war Martin zufälligerweise selbst an der Rezeption. »Ich sehe, Sie besuchen uns in vier Wochen wieder«, sagte er, und ausnahmsweise schien er keine Hintergedanken dabei zu haben.

»Ehrlich gesagt, weiß ich das noch gar nicht. Nur, wenn mir beruflich nichts dazwischenkommt«, stotterte Ella und setzte hinzu, damit er sie nicht für völlig übergeschnappt hielt, »ich arbeite leider momentan sehr viel, auch am

Wochenende, und kann mir nur selten frei nehmen.«

»Nun, dann hoffe ich für Sie, dass das nur eine vorübergehende Phase ist und Ihre Situation sich bald bessert«, lächelte Martin.

Zehn Jahre ließen sich schlecht als vorübergehende Phase abtun. Unsicher lächelte Ella zurück und machte dann ein wenig abrupt einer Frau Platz, die ebenfalls auschecken wollte.

»Netter Hintern, eigentlich«, vernahm Ella hinter sich.

»Rudi!«, fuhr sie ihren Rüden so scharf an, dass Martin sie erstaunt ansah. Ella machte auf dem Absatz kehrt und flüchtete in ihr Mietauto.

Spürnasen

Doch zunächst hatte Ella ganz andere Probleme.

Das erste ergab sich beim Tierarzt, wo sie Rudi durchchecken ließ. Er schnitt ihm die Krallen und verabreichte ihm eine Wurmkur, erklärte ihn ansonsten aber, vom Übergewicht mal abgesehen, für kerngesund. »Sogar kastriert ist er«, sagte er zu Ella, während Rudi danebenstand.

Der Patient hyperventilierte. »Und mir haben sie gesagt, dass sie nur ein bisschen Zahnstein entfernen würden, bevor sie mich in Narkose versetzt haben!«

»Tja, sie scheinen dir mehr als nur ein bisschen Zahnstein entfernt zu haben«, klärte Ella ihren Hund auf.

Wenn Rudi hätte weinen können, er hätte es getan. So jaulte er nur erbärmlich. »Dabei habe ich mir immer Welpen gewünscht! Ich wäre bestimmt ein guter Vater.«

Ella hatte sich auch immer Kinder gewünscht. Insofern verstand sie Rudis Schmerz nur zu gut. Sie waren beide partner- und kinderlos und hatten ihre Eltern früh verloren.

Noch mehrere Wochen lang war Rudi depressiv und wollte kaum fressen, obwohl Ella versuchte, ihn mit Leckerlis aufzuheitern. Ein Gutes hatte dies immerhin, er nahm ab. Ein paar Gramm.

Das zweite Problem hatte mit ihrer Arbeit in der Kanzlei zu tun. Dass eines Vormittags mehrere Polizisten im Büro erschienen und zwei Anwälte, nämlich Hans-Jürgen und Dieter, wegen Veruntreuung und Steuerhinterziehung festgenommen hatten, stand sogar in der Zeitung. Angeblich hatte es eine anonyme Anzeige gegeben.

Marianne hatte bereits ein paar Tage vor der Razzia verkündet, dass sie sich einen neuen Job gesucht habe. Ella hingegen hatte bisher nur darüber nachgedacht. Insofern traf sie ihre Kündigung mit der Begründung, dass ihr Chef wohl längere Zeit erst in Untersuchungshaft und dann in der Justizvollzugsanstalt verbringen würde und ihre Dienste daher auf absehbare Zeit nicht mehr benötigt würden, völlig unvorbereitet. Nach einigen Verhandlungen konnte sie immerhin herausschlagen, dass sie bis zum Ende ihrer mehrmonatigen Kündigungsfrist bei voller Bezahlung freigestellt wurde.

Dennoch – innerhalb von wenigen Tagen fiel sie von der Rolle einer überarbeiteten Sekretärin in einer renommierten Anwaltskanzlei in die einer bald arbeitslosen, mittelalten Frau.

Ella fühlte sich schrecklich.

»Wieso, jetzt hast du endlich Zeit für dich«, stellte Rudi fest. »Du hast doch immer nur gejammert, dass du so viel arbeiten musst. Jetzt hast du Zeit und jammerst trotzdem? Ihr Menschen seid schon merkwürdig.«

»Du hast ja recht«, gab Ella zerknirscht zu, konnte aber nicht so schnell von zeitlicher Überforderung zu zeitlicher Unterforderung umschalten wie er. »Hoffentlich finde ich schnell einen neuen Job, sonst landen wir noch beide auf der Straße.«

»Ist gar kein so schlechtes Leben. Tagsüber Flaschen sammeln und im Park rumlungern, nachts unter Brücken schlafen, und wenn du Hunger hast erschreckst du einfach ein paar besoffene Nachschwärmer vor den Fast-Food-Restaurants und klaust ihnen die runtergefallenen Burger.«

Doch das war nicht Ellas Verständnis von einem angenehmen Leben. Da musste ein besserer Plan her. Auch das Fast Food wollte sie schon seit langem aufgeben.

»Du könntest doch jetzt, wo du so viel Zeit hast, endlich mal was Leckeres für uns kochen, Dosenöffner.«

Inzwischen klang »Dosenöffner« aus seiner Schnauze wie ein liebevoller Kosename. Eigentlich hatte Rudi recht, überlegte Ella.

»Natürlich habe ich recht. Immer!«, setzte Rudi noch eins drauf.

Also nahm Ella das Thema Ernährungsumstellung in Angriff. Für sich und für ihn. Das ständige Einkaufen und Nachhauseschleppen frischer Zutaten hielt sie fit, und durch die Zubereitung kam sie auf andere Gedanken. Sie erinnerte sich an Jutta aus dem Sportkurs, die mit über siebzig jeden Tag eine Stunde Walken oder Joggen ging, und besorgte sich Walkingstöcke. Ab sofort würde sie auch jeden Tag mindestens eine Stunde mit Rudi rausgehen. Jetzt hatte sie Zeit und keine Ausrede mehr.

Vor dem Gang zum Arbeitsamt drückte sie sich weiterhin. Ihr Selbstbewusstsein war total im Keller: arbeitslos, übergewichtig, unsportlich und Selbstgespräche führend mit einem Spackel. Wer würde so jemanden schon einstellen wollen?

»Mach dich doch nicht selbst schlecht«, versuchte Rudi sich als selbsternannter Therapeut. »Du kochst inzwischen gar nicht schlecht.«

Pseudo-therapeutische Selbstgespräche mit einem Spackel führend, ergänzte Ella mental ihre Liste.

»Du hast ein Recht auf Glück, genauso wie jeder Hund«, sagte Rudi und sah Ella mit schief gelegtem Kopf weise an.

Hatte sie wirklich ein Recht darauf, glücklich zu sein?

»Selbstverständlich«, antwortete Rudi. »Ich habe mein Glück selbst in die Hand genommen, als ich dich ausgewählt habe. Mach es einfach genauso wie ich.«

Ella schüttelte den Kopf. An ihrem Hund war echt ein Psychiater verloren gegangen. »Für einen Hund hast du eine merkwürdige Art zu denken«, meinte sie zu Rudi. »Du bist ja ein richtiger Philosoph. Wozu bringen wir Menschen euch dann immer so kurze Kommandos bei? Sitz und Platz und Bleib und so.«

»Weil das für euch einfacher zu merken ist?«

Ella warf ihm einen scharfen Blick zu, ob er sich über sie lustig machte. »Ich kann demnächst auch ›Wenn es Ihrer Majestät beliebt, bitten wir untertänigst, zur Speisung zu schreiten‹ sagen.«

»Ja, das ginge auch«, stimmte Rudi gelassen zu.

Solange es um Futter und keine Kommandos ging, kein Wunder, dachte Ella. »Ich könnte also auch ›wenn du nicht spurtest, gibt es kein Futter‹ sagen?«

»Nein, das ist Erpressung. Das ist illegal.«

»Warst du früher mal Polizeihund?«, fragte Ella misstrauisch.

»Nein, aber es gibt schließlich Fernsehen. Denk bloß nicht, dass wir immer nur schlafen, wenn die Flimmerkiste läuft.«

Ella machte sich mental eine Notiz, zukünftig besser auf ein hundegeeignetes Fernsehprogramm zu achten. Ein bisschen Bildung in Form von Nachrichten und Dokumentationen würde Rudi wohl nicht schaden, aber wenn sie sich kitschige Liebesfilme ansah, würde er zukünftig draußen bleiben müssen.

»Hey, ich habe auch Gefühle!«, widersprach Rudi gekränkt. »Ich träume immer noch von meiner Labradorlady.«

Ella hingegen träumte von einem neuen Job und einem besseren Leben. Mit einem Partner, Kindern – und Rudi.

Der rannte beim abendlichen Spaziergang einer weißen Terrierdame hinterher und versuchte, sie zu bespringen. Die Terrierhalterin keifte Ella an, dass sie gefälligst ihre Töle in den Griff bekommen solle, sonst würde das Vieh von ihr einen Tritt in die Eier bekommen.

Ella, die solche Ausdrucksweisen nicht gewohnt war, rief leicht panisch: »Rudi, nicht!«

Doch der machte unbeeindruckt weiter, bis die Terrierbesitzerin mit ihrem Leinenende auf ihn einschlug.

Jaulend ließ er von seiner Eroberung ab und schlich sich zu Ella, die ihn schnell anleinte und wegzog.

»Rudi, wie konntest du nur!«, schimpfte sie. »So etwas macht man nicht!«

Der guckte vorwurfsvoll. »Was redest du? Das liegt in meiner Hundenatur. Gönn mir doch wenigstens ein bisschen Spaß! Du bist echt mies drauf, seit du zu Hause rumhängst.«

Ella seufzte. Er hatte ja recht. Seit sie nicht mehr gebraucht wurde, fühlte sie sich nutzlos. Aber ihre schlechte Laune an Rudi auszulassen, ging wirklich zu weit. So sollte Tierkommunikation nicht ablaufen. »Tut mir leid.« Diesmal war sie diejenige, die depressiv war.

Rudi warf ihr einen kurzen Blick zu, setzte sich vor sie und hob die Pfote, als wolle er ihr etwas beibringen. Und tatsächlich: »Frauchen, du musst dringend ein paar Dinge lernen. Erstens: Hunde können deine Mimik besser deuten als ein Ehepartner, also versuch nicht, uns etwas vorzumachen. Zweitens: Wenn du mit uns sprichst, musst du versuchen, positive Sätze zu verwenden. Das verstehen wir besser.«

Immerhin hatte er sie als Frauchen bezeichnet und nicht als Dosenöffner. »Mach mir nichts vor, das Wort Nein kennst du sehr wohl.«

»Natürlich kenne ich das. Weil ich es gelernt habe. Aber nicht alle Tiere verstehen Verneinungen. Hunde haben Humor, verstehen aber keine Ironie. Wenn du Aussagen ins Gegenteil verdrehst, vergessen wir das Negative und der Satz ist für uns dann wieder positiv. Verstanden?«

»Ich glaube nicht«, gab Ella zu.

»Ist doch ganz einfach: Wenn du sagst ›Friss die Wurst nicht‹, oder ›Wehe, du frisst die Wurst‹, dann lassen wir die Verneinung weg und übrig bleibt ›Friss die Wurst‹. Ist doch ganz einfach.«

»Und du sagst, Hunde verstehen keine Ironie?«, murmelte Ella.

Rudi setzte einen Haufen auf die Wiese. Seufzend nahm Ella eine der Hundekottüten und entsorgte seine Hinterlassenschaft.

»Das habe ich jahrelang für meine Eltern getan. Hätte nicht gedacht, dass ich irgendwann einem Hund die Scheiße hinterher räumen würde.«

»Ist auch völlig unnatürlich, von Natur aus würde ich es verscharren«, antwortete Rudi und machte ein paar Kratzbewegungen auf dem Boden, dass Gras flog.

»Das nennst du verscharren?«, fragte Ella.

»Du hast doch gerade zugegeben, dass du mir sowieso hinterher räumst.«

*

Ein paar Tage später trafen sie Marianne und Pippa vor dem Supermarkt. Vormittags.

»Na, auch nicht mehr in der Kanzlei?«, begrüßte Marianne sie spitz.

»Na, du hattest dir ja, kurz bevor die Bombe bei uns platzte, noch einen neuen Job gesucht. War das wirklich Zufall?«, entgegnete Ella ebenso spitz.

Rudi knurrte Pippa an. Pippa knurrte zurück. Verstanden die beiden sich etwa auch nicht mehr? Ausnahmsweise verstand Ella mal nur Bahnhof.

Wieso war Marianne eigentlich vormittags einkaufen, wenn sie doch einen neuen Job hatte?, überlegte Ella. Doch bevor sie fragen konnte, fingen Rudi und Pippa an, sich wild anzubellen. Wie abgesprochen zogen beide Frauen ihre Hunde in entgegengesetzte Richtungen davon.

»Heiße Lady«, meinte Rudi, während sie weitergingen. Er

hatte sich deutlich schneller wieder beruhigt als Ella, deren Herz vor Aufregung immer noch wild schlug. Der Zwischenfall hatte ihr gezeigt, dass es mit ihrem Selbstbewusstsein noch schlechter bestellt war, als sie gedacht hatte.

»Du hattest übrigens recht mit deiner Vermutung. Sie war es, die ihn verpfiffen hat. Pippa hat mir alles erzählt.«

»Marianne eine heiße Lady?« So hätte Ella die gemächliche Mittfünfzigerin gar nicht eingeschätzt.

»Doch nicht Marianne! Pippa meine ich natürlich!«, rüffelte Rudi entrüstet.

»Schlag dir die lieber aus dem Kopf. Wenn sie auch nur annähernd so gerissen ist wie ihr Frauchen, dann haut die dich eiskalt übers Ohr.«

Aber Rudi starrte entzückt dem Chihuahua hinterher. »Ich will nicht gehauen werden, ich will sie nur mal bespringen.«

»Pfui, schäm dich!«, begann Ella, musste sich dann jedoch eingestehen, dass Rudi sich nur wie ein ganz normaler Hund verhielt und sie ihn nicht mit menschlichen Maßstäben messen konnte.

»Wieso? Ich bin nur ehrlich, ich will sie schließlich nicht heiraten!«, sagte Rudi und schaffte es, Ella dabei vom Bordsteinniveau von oben herab anzuschauen.

Doch die hatte gerade ganz andere Dinge im Kopf. »Wie meintest du das eben, Marianne hat ihn verpfiffen? Wen?«

»Deinen Chef. Sie war es, die bei der Polizei anonym Anzeige erstattet hat. Pippa war dabei.«

Aber warum sollte Marianne so etwas tun? Sie würde doch nicht ohne Not den Ast absägen, auf dem sie selbst saß. In ihrem Alter würde es noch schwieriger sein, einen neuen Job zu finden, als in Ellas.

»Na, weil sie gedacht hat, dass sie bleiben kann, vielleicht sogar befördert wird.«

»Aber der Schuss ist nach hinten losgegangen, und jetzt

hat sie keinen Job mehr«, schlussfolgerte Ella. Das würde erklären, warum sie Marianne an einem Wochentag getroffen hatte. Oder sie hatte tatsächlich einen neuen Job mit anderen Arbcitszcitcn.

»Nein, sie hatte nie einen anderen Job, das hat sie euch nur erzählt, damit nicht auffiel, dass sie eine Weile nicht mehr da sein würde.«

Ella seufzte. Ihr Hund war wie immer besser informiert als sie.

»Hunde haben einfach ein feineres Gespür«, belehrte Rudi sie.

»Ja, mach du mich ruhig auch fertig«, knurrte Ella. Als ob sie das nicht schon selbst schaffte! Hatte sie nicht vor ein paar Tagen noch irgendwo gelesen, dass der Mensch der Boss sein musste, weil Hunde gefallen wollten? Vielleicht sollte sie Rudi diese Textstelle vorlesen.

Der schwieg beleidigt. Anscheinend verstand er Ironie, wenn er nur wollte.

»Tut mir leid«, entschuldigte Ella sich bei ihrem Hund. In der Sache hatte er ja tatsächlich recht.

Rudi schien es genauso zu sehen. »Denk doch nur an die ganzen Hunde, die weltweit im Dienste der Menschheit im Einsatz sind. Lawinenhunde, Blindenhunde, Drogenfahndungshunde, Spürhunde, Jagdhunde … Und erst unser Einsatz in der Medizin! Wir können so vieles riechen, was euch das Leben rettet: Unter- oder Überzuckerung, Krebs … So hat auch meine alte Dame gerochen, bevor sie mich weggab.«

Ob das der Grund war, warum Rudi auf der Straße gelandet war? »Ich frage mich, was eigentlich aus Hans-Jürgen geworden ist?«, überlegte Ella laut. Immerhin hatte sie über zehn Jahre für ihn gearbeitet, und obwohl es nicht immer leicht gewesen war, vermisste sie die Zeit in der Kanzlei doch.

Wie sich nach einem Telefonat mit seiner Frau herausstellte, saß Hans-Jürgen immer noch in Untersuchungshaft.

Ella überlegte das Für und Wider eines Besuchs. Aber abgesehen davon, dass er sie immer bis zur Erschöpfung mit Arbeit überhäuft hatte, hatte er sich ihr gegenüber nicht grundsätzlich schlecht verhalten. Auf jeden Fall verdiente er es nicht, hinter Gittern zu sitzen.

Sie bat um einen Besuchstermin und brachte Kuchen mit, den sie ihm aber nicht geben durfte. Also fraß Rudi ihn, bevor ein übereifriger Beamter ihn entsorgen konnte. Ella, die sich eisern an ihre Diätregeln hielt, beobachtete ihren Hund neidisch. Zumindest war der Wärter jetzt bestimmt überzeugt, dass der Kuchen nicht vergiftet war.

Hans-Jürgen hingegen wäre ihr Kuchen sicher auch gut bekommen, denn er sah blass und abgemagert aus. »Eleonora, dass Sie mich so sehen, das hätte ich niemals gedacht. Wieso sind Sie überhaupt auf die Idee gekommen, mich zu besuchen?«

»Ach, ich hatte gerade Zeit und wollte mich einfach mal erkundigen, ob Sie Hilfe brauchen ...«, sagte Ella vage. »Schließlich war ich zehn Jahre lang Ihre Sekretärin.«

»Das ist sehr lieb, dass Sie ihre Freizeit opfern, um vorbeizukommen.«

Ihr ehemaliger Chef schien wenig von der Außenwelt mitbekommen zu haben, wenn er annahm, dass sie nach wie vor in der Kanzlei arbeitete. Jetzt tat eine schnelle Ausrede Not, sonst bekam er noch ein schlechtes Gewissen, dass sie seinetwegen entlassen worden war. »Nein, ich bin nicht mehr in der Kanzlei. Ich mache jetzt was mit Hunden«, improvisierte sie.

»Oh, eine professionelle Gassi-Geherin etwa?«

Die Idee klang gar nicht so schlecht. Vielleicht konnte sie das wirklich machen. Dann wäre sie öfter an der frischen

Luft und konnte Rudi mit zur Arbeit nehmen. Ella nickte, zunächst langsam, dann mit zunehmender Begeisterung. »Genau, das mache ich.«

Hans-Jürgen blickte sie zum ersten Mal, seit sie sich gegenüber saßen, richtig an. »So etwas könnte ich für Kim und Sam auch gebrauchen. Die sind bei meiner Frau, seit ich hier bin … Nun, bald wohl meine Ex-Frau.« Er seufzte, und Ella war sich nicht sicher, ob sich das Seufzen auf seine Hunde, seine baldige Ex-Frau oder seine wahrscheinlich inzwischen auch Ex-Geliebte bezog. »Renate will sich scheiden lassen und mir alles wegnehmen, weil sie meint, ich hätte Schande über sie gebracht. Um die Villa ist es nicht schade, die kann sie haben, aber meine Hunde möchte ich gerne in guten Händen wissen.«

»Kümmert sich denn Sabine nicht um die Hunde?«, rutschte es Ella raus.

Hätte Rudi Ellenbogen gehabt, er hätte ihn ihr in die Seite gerammt. So biss er ihr nur ins Hosenbein.

»Woher wissen Sie denn das von Sabine?«, flüsterte Hans-Jürgen.

»Ach, das wusste doch das ganze Büro«, wand Ella sich peinlich berührt.

Hans-Jürgen seufzte.

»Wussten Sie denn, dass Sabine auch was mit Herrn Schmidt hatte?« Seinen Vornamen auszusprechen erschien Ella jetzt doch zu vertraulich.

»Was? Dieter? Na, da brat mir doch einer …«, begann Hans-Jürgen, und Rudi sabberte zu Ellas Füßen bereits vor Erwartung auf gebratenes Futter. »Haben die zwei sich etwa zusammengetan und lassen mich hier drinnen schmoren? Aber nicht mit mir!«

Dass ihm momentan jedoch gar nichts anderes übrig bleiben würde, machte ihm der Wärter unmissverständlich klar, der ankündigte, dass die Besuchszeit vorbei sei.

»Falls ich Ihnen irgendwie helfen kann …«, begann Ella linkisch, »wenn Ihnen irgendetwas aufgefallen ist, oder Sie noch Kontakt zu jemandem haben, der Sie entlasten kann … Ich komme nächste Woche wieder, vielleicht gibt es bis dahin schon einen ersten Anhaltspunkt. Und in der Zwischenzeit versuche ich, Ihre Windhunde zu mir zu nehmen.«

*

Letzteres war erstaunlicherweise einfacher, als Ella gedacht hatte. Renate konnte es gar nicht erwarten, die beiden »stinkenden, rumrasenden, mir die Haare vom Kopf fressenden Monster«, wie sie Kim und Sam nannte, loszuwerden. »Ich war schon kurz davor, sie ins Tierheim zu bringen«, vertraute sie Ella an. »Sie können Sie mit Kusshand nehmen!«

»Kann ich das schriftlich haben?«, fragte Ella. »Nur, damit ich nachweisen kann, dass die beiden nicht aus einem Tierversuchslabor kommen oder so …«

Renate hatte nur »von mir aus« geschnaubt und Ella einen handgeschriebenen und unterschriebenen Wisch in die Hand gedrückt, dass sie rechtmäßige Besitzerin und Eigentümerin der Hunde sei und sie Ella schenke. Wahrscheinlich war sie sogar froh, Hans-Jürgen damit noch eins auswischen zu können, dachte Ella, während sie die Hunde sowie deren Sachen in ihren Carsharing-Wagen verfrachtete. Allmählich sollte sie vielleicht doch über einen gebrauchten Kombi mit offenem Kofferraum nachdenken, in dem man verkehrsrechtlich korrekt Hunde transportieren konnte, dachte Ella mit Blick auf ihren Familienzuwachs. Aber momentan hatte sie überhaupt kein Geld für Anschaffungen dieser Art.

Vor allem nicht, weil Kim und Sam jetzt ihr die Haare vom Kopf zu fressen drohten anstatt Hans-Jürgens zukünftiger Ex-Frau. In ihrer Wohnung hatten sie sich erstaunlich schnell eingelebt, und mit Rudi verstanden sie sich inzwischen. Womöglich, weil sie begriffen hatten, um was es ging, sollten sie sich nicht benehmen.

»Habt ihr etwas von Sabine und Dieter mitbekommen, was euer Herrchen entlasten könnte, oder von Renate?«, fragte Ella sie, aber die beiden schwiegen. Dafür, dass sie keine große Hilfe waren, hielten sie Ella trotzdem ordentlich auf Trab.

»Vielleicht kann ich Pippa noch einmal ausfragen«, überlegte Rudi hoffnungsvoll. Doch Ella musste ihn enttäuschen, denn sie wusste nicht, wie sie Marianne erreichen konnte. »Tut mir leid, ich weiß, du mochtest den Chihuahua.«

Rudi schaute verdrossen. »Da hat man schon mal eine Chance, und dann nutzt man sie nicht …«

Mit Kim und Sam, beides kastrierte Rüden, lief natürlich auch nichts. Noch nicht einmal kommunikativ. Entweder waren die beiden so blöd, oder sie wollten absichtlich nicht mit Ella reden.

»Arrogante Rassehunde«, war Rudis abfälliges Urteil. »Wird Zeit, dass sie zu Hans-Jürgen zurückgehen.«

»Wenn das mal so einfach wäre«, stimmte Ella zu. »Wenn die Rasselbande sich weigert zu sprechen, sehe ich wenig Chancen, ihn aus der U-Haft herauszubekommen. Ewig können die beiden nicht hier bleiben, dafür ist die Wohnung auf Dauer zu klein.«

Glücklicherweise war Hans-Jürgen bis zu Ellas nächstem Besuch doch etwas eingefallen. »Ich erinnere mich, dass Dieter und Sabine ein weiteres Konto eingerichtet hatten. Sie brauchten für die Eröffnung meine Unterschrift, weil ich im Handelsregister eingetragen war, aber danach habe ich nie wieder etwas davon gehört. Falls Sie in Erfahrung bringen könnten, ob das noch existiert …?«

»Mache ich«, versprach Ella. Wenn es um Unterschlagung

und Steuerhinterziehung ging, würde auch die Polizei nach dem Geld suchen. Merkwürdig, dass sie es noch nicht gefunden hatte.

Sie notierte den Namen der Bank und die Kontaktdaten seines Anwalts. Doch dieser wusste nichts von besagtem Konto. Die Polizei hatte zwar Unterlagen beschlagnahmt, aber bisher hatten sie nur nachweisen können, dass Gelder verschwunden waren, nicht aber, wohin.

Ella überlegte. Jetzt musste sie doch ihren Stolz herunterschlucken und nach Marianne suchen. Doch die stand weder im Telefonbuch noch im Internet.

»Lass mich mal machen, ich habe eine feinere Nase als du«, übernahm Rudi das Kommando. Tatsächlich, schon am nächsten Tag nahm er die Spur von Pippa vor dem Supermarkt auf, vor dem sie Marianne zuletzt getroffen hatten.

Er führte sie zu einem mehrstöckigen Altbau ein paar Straßen weiter. Auf den Klingelschildern erkannte Ella tatsächlich Mariannes Nachname. Sie schluckte, nervös, ob ihre ehemalige Kollegin überhaupt mit ihr reden würde. Aber war sie nicht auch übers Ohr gehauen worden? Sie saßen quasi im selben Boot.

Glücklicherweise sah Marianne das nach kurzer Überzeugung genauso.

Während Rudi sich mit Pippa ins Schlafzimmer zurückzog, gab Marianne zu, dass es tatsächlich ein weiteres Konto gab. Sie hatte sich, bevor sie ging, wohlweislich Kopien der wichtigsten Dokumente gemacht. Bisher hatte sie aber keine Verwendungsmöglichkeit dafür gesehen.

»Das ist jetzt anders«, grinste Ella. »Willst du deinen Job wieder oder willst du Rache?«

Marianne entschied sich für ersteres. Sie hatte noch etwa zehn Jahre bis zur Rente, aber keine Ersparnisse. Bisher war sie zu stolz dazu gewesen, in der Kanzlei anzurufen und sich zu erkundigen, ob ihre Stelle schon wieder besetzt worden war. Aber nachdem Ella vorgefühlt hatte und die Auskunft bekam, dass man bisher noch keine neue Buchhalterin gefunden hatte, schluckte Marianne ihren Stolz herunter. Inzwischen war ein Interimsgeschäftsführer eingesetzt worden, und da Marianne sich bestens in den Firmengeschäften auskannte, nahm man sie mit Kusshand.

»Wenn dich jemand fragt, sag einfach, dass du in der Probezeit gemerkt hast, dass dein neuer Job doch nicht das Richtige für dich war«, empfahl Ella ihr. Dass die anonyme Anzeige von ihr ausgegangen war, brauchte niemand zu wissen.

Es folgte Punkt zwei ihres Plans: Das veruntreute Geld zu finden und der Polizei als Beweismittel zu übergeben, um Hans-Jürgens Unschuld zu beweisen.

Mit einer gefälschten Vollmacht suchte Ella die Bank auf, wo das neue Geschäftskonto geführt wurde. Sie war erstaunt, wie leicht es war, an aktuelle Kontoauszüge zu kommen. Laut diesen Unterlagen war noch fast die komplette unterschlagene Summe vorhanden. Dieter saß selbst in Untersuchungshaft und kam nicht an das Konto, und Sabine war anscheinend dumm genug gewesen, das Geld erst einmal liegen zu lassen, bis Gras über die Sache gewachsen war. Die Kontounterlagen wiesen eindeutig auf Dieter und Sabine als alleinige Kontoinhaber hin.

Marianne war plötzlich Feuer und Flamme, Hans-Jürgens Unschuld zu beweisen. Sie fand die dazugehörigen Buchungen, und zusammen übergaben sie das Beweismaterial Hans-Jürgens Anwalt.

»Hoffentlich schafft er es«, sagte Marianne mit zitternder Stimme und verdächtig feuchten Augen, als sie nach dem Anwaltstermin zusammen in ein Café gingen, um sich ein Stück Torte zu gönnen.

»Bestimmt«, antwortete Ella automatisch und ließ ein Stück Tortenboden von der Gabel fallen, damit Rudi auch etwas von dem süßen Festmahl hatte. »Danke, dass du geholfen hast. Wieso hast du das überhaupt gemacht?« Immerhin war sie es gewesen, die das ganze Drama mit ihrer anonymen Anzeige erst gestartet hatte.

»Ach, das ist doch selbstverständlich ...«, wich Marianne aus. »Möchtest du noch etwas Sahne in deinen Kaffee?«

Doch Ella schüttelte den Kopf. Einerseits, weil sie weiterhin auf Diät war und es mit den Ausnahmen nicht übertreiben wollte, andererseits, weil sie allmählich einen Verdacht hatte, warum Marianne sie so tatkräftig unterstützte.

Der wurde ihr von Rudi bestätigt. »Klarer Fall von unerfüllter Liebe«, behauptete er altklug. »Sie hat sich in deinen Chef verguckt, war eifersüchtig und wollte sich rächen.«

»Nur ist es leider anders gekommen, als sie gedacht hat«, ergänzte Ella. Aber wer weiß, vielleicht würde sie eine Chance haben, wenn Hans-Jürgen erfuhr, dass Marianne die Beweismittel für seine Unschuld geliefert hatte. Sie passte auf jeden Fall besser zu ihm als die hundehassende Renate oder die betrügerische Sabine.

Mit Hilfe der kopierten Unterlagen gelang es Hans-Jürgens Anwalt tatsächlich, vor Gericht zu beweisen, dass sein Mandant das unschuldige Opfer einer Intrige war, das keinerlei Kenntnisse von der Unterschlagung gehabt hatte und selbstverständlich auch nicht darin verwickelt war. Das Geld, das er Sabine privat gegeben hatte, war zwar weg, aber Hans-Jürgen schien das angesichts dessen, was ihm ansonsten geblüht hätte, verschmerzen zu können. Er wurde freigelassen, während Sabine und Dieter zu einer Freiheitsstrafe verurteilt wurden.

»Das haben Sie großartig gemacht, Eleonora«, bedankte Hans-Jürgen sich nach der Gerichtsverhandlung überschwänglich bei ihr. »Ich weiß gar nicht, was ich ohne Sie gemacht hätte. Auch, dass Sie sich um meine beiden Schätze gekümmert haben.«

Die waren mitgekommen und leckten ihm gerade voller Wiedersehensfreude die Hände ab. Ella war nicht unfroh, sie wieder loszuwerden. »Schon gut.« Ihren Job wollte sie gar nicht mehr zurückhaben, selbst wenn sie die Möglichkeit gehabt hätte. Da würde eine kleine Notlüge nicht schaden. »Bedanken Sie sich vor allem bei Marianne. Sie war diejenige, die die Unterlagen gefunden hat. Und lassen Sie sich von Ihrer Frau bei der Scheidung nicht ausnehmen.«

»Keine Sorge, ich habe einen guten Anwalt.« Etwas linkisch hielt er Ella die Hand hin. Sie war leer. Nicht, dass sie eine Gegenleistung erwartet hätte, aber es wäre trotzdem eine nette Geste gewesen. »Vielen Dank, Eleonora, für alles, was Sie für mich getan haben. Ich weiß, ich war manchmal kein einfacher Chef.«

Das konnte er laut sagen. »Alles Gute, Herr Winterkorn.«

Hundeflüsterei

Nachdem Kim und Sam wieder bei Hans-Jürgen waren, war Ella wieder mit Rudi alleine – und leider immer noch job- und perspektivlos.

»Joblos mag ja sein, aber perspektivlos ganz bestimmt nicht«, widersprach Rudi. »Du hast ja mich.«

Ella lächelte. Rudi schaffte es immer wieder, sie aus ihren Tiefs herauszuholen.

»Dafür sind Hunde gut! Wir gehen mit ins Krankenhaus und trösten die Patienten, wir leisten Detektivarbeit, wir gehorchen aufs Wort …«

Letzteres ganz bestimmt nicht, dachte Ella amüsiert.

»Doch, du musst nur wissen, wie!«, belehrte Rudi sie.

»Vielleicht könntest du es mir beibringen«, schlug Ella nicht ganz uneigennützig vor.

Doch Rudi durchschaute sie. »Ein paar Geheimnisse sollte jedes glückliche Paar voreinander haben.«

Diesmal musste Ella laut lachen. »Oh, Rudi. Vielleicht sollte ich doch in die Kanzlei zurückgehen und weiter für Hans-Jürgen arbeiten. Immerhin waren wir zuletzt gar kein so schlechtes Team.«

»So ein Unsinn, warum das machen, was andere von dir erwarten, anstatt das, was dich glücklich macht?«

Ella überlegte. Wieder einmal hatte ihr Spackel recht. »Manchmal glaube ich, ich sollte wirklich was mit Hunden machen.« Vielleicht war Hans-Jürgens Idee mit dem Gassi-gehen ja doch nicht so verkehrt?

»Unsinn, du kannst viel mehr«, schmierte ihr Rudi Honig ums Maul und leckte sich auffordernd die Schnauze, weil Ella nicht sofort auf die Idee kam, ihn für dieses Kompliment mit einem Leckerli zu belohnen.

Wenn sie es doch nur schaffen könnte, aus ihrer Fähigkeit, mit Hunden zu kommunizieren, ein gewinnbringendes Geschäftsmodell zu machen! Gabi gab hauptberuflich Seminare. Doch Tierkommunikationsseminare traute Ella sich nicht zu, schließlich war sie selbst von Gabis Seminaren alles andere als angetan gewesen.

Wem sonst könnte sie ihre Hilfe anbieten? Hundebesitzern und Hunden. Aber wobei?

»Na, du übersetzt einfach zwischen Dosenöffnern und Hunden, wenn sie miteinander Probleme haben«, schlug Rudi vor, als wäre es die einfachste Sache der Welt.

Vielleicht war es das ja tatsächlich? Wenn Hunde krank waren und Tierarzt oder Tierheilpraktiker nicht weiter wussten, könnte vielleicht das Tier selbst einen Hinweis geben? Wenn ein Hund jemanden biss, könnte man vielleicht die zugrundeliegenden Ursachen herausfinden? Wenn es einen Kriminalfall aufzuklären gab, könnte man vielleicht den Hund als Zeugen befragen …?

Sie kam immer wieder auf dieses Thema zurück, stellte Ella fest. Oder vielleicht: Wenn die Frau wissen wollte, ob ihr Mann sie mit einer anderen betrog? Ein Hund würde das sofort riechen.

Endlich! Das klang nach einem Plan.

Zunächst ging Ella zur Gründungsberatung. Dort wurde sie seltsam angesehen und ihr empfohlen, ihre Geschäftsidee doch noch einmal zu überdenken. Schließlich müsse sie sich über das Marktpotenzial, die Zielgruppe und passende Werbemaßnahmen informieren und ihre möglichen Kosten kalkulieren. Außerdem würde jede Bank ihre Idee auf Praktikabilität und Markttauglichkeit abklopfen, warnte sie der Berater und legte ihr nahe, sich am besten einen Unternehmensberater zu nehmen.

Anscheinend passte ihre Idee nicht ins Konzept der

Gründungsberatung, aber ein Unternehmensberater passte nicht in ihre finanzielle Situation. Ein paar Wochen würde sie sich finanziell noch über Wasser halten können, aber dann würde ihr nichts weiter übrigbleiben, als entweder erfolgreich durchzustarten oder doch zum Arbeitsamt zu gehen.

Ella entschied, dass der Gründungsberater keine Ahnung von Tierkommunikation hatte, und beschloss, es alleine zu versuchen. Bestärkt von Rudi belegte sie als Erstes einen Kurs zur Website-Erstellung. Dann legte sie ihre eigene Homepage an.

Zunächst einmal passierte nichts.

Nach ein paar Tagen rief jemand an, ob Ella das ernst meine oder sich einen schlechten Scherz erlauben wolle.

Anstatt sich verunsichern zu lassen, druckte sie Flyer und legte diese in Tierbedarfsshops und Tierarztpraxen aus.

Immer noch passierte nichts. Allmählich wurde Ella unsicher, ob sie sich hier in eine völlig abstruse Idee verrannte. Hatte der Gründungsberater recht gehabt und ihre Geschäftsidee war ein Hirngespinst?

Mit leichten Beklemmungen verteilte sie die letzten übrig gebliebenen Flyer bei einem Hundefriseur und im Biomarkt.

Sie war kaum wieder zu Hause, da stand ihr Telefon nicht mehr still.

Vier Frauen und ein Mann wollten für die nächste Woche einen Termin vereinbaren.

Ella, die weder Praxisräume hatte noch sich über das Thema Gedanken gemacht hatte, wusste kaum, wie ihr geschah.

»Machen Sie denn auch Hausbesuche?«, wollte die nächste Frau wissen, und fügte hinzu, dass es dringend sei.

Da hatte Ella ihr Geschäftsmodell. »Das macht ja auch viel mehr Sinn, die Hunde zu Hause zu besuchen«, sagte sie zu Rudi. »Da sehe ich ja direkt, wie sie leben, und vielleicht auch schon, wo das Problem liegt. Dass ich nicht gleich darauf gekommen bin!«

Eine Stunde später lernte sie Mike, einen Beagle, und seine Halterin Theresa kennen. Theresa wollte wissen, ob ihr Mann sie betrog. Mike konnte die Dame sowie ihre Wohnung nicht nur beschreiben, sondern wusste sogar ihren Namen.

Theresa wunderte sich nicht über Ellas Aussagen. »Wusste ich's doch! Den werde ich bluten lassen, diesen Schuft!«

Danach musste Ella erst einmal den Beagle beruhigen, der diese Aussage auf sich bezogen hatte, und ihm versichern, dass er im Fall einer Scheidung selbstverständlich bei Theresa bleiben dürfte.

Eine halbe Stunde später – und fünfzig Euro reicher – machte Ella sich mit Rudi wieder auf den Heimweg.

Sie hatte kaum die Wohnungstür hinter sich geschlossen, als das Telefon erneut klingelte und eine der Stimme nach ältere Dame wissen wollte, warum ihr Hund sein Futter nicht fressen wollte.

Nach einem Blick auf die Uhr vertröstete Ella sie auf den nächsten Tag. Außerdem hatte sie in dem Gründungskurs gelernt, man solle ein exklusives Produkt aufbauen, auf das die Kunden gerne warten würden.

»Ist doch Quatsch«, sagte Rudi. »Wenn ihr Hund jetzt Hilfe braucht, dann musst du jetzt helfen.«

Also rief Ella zurück und behauptete, dass ihr jemand abgesprungen sei und sie selbstverständlich sofort vorbei kommen könne.

Eine dreiviertel Stunde später traf sie auf einen abgemagerten Spaniel, der erzählte, dass er unter einer Getreideunverträglichkeit litt. Ella überprüfte sein Fertigfutter und stellte fest, dass sowohl Trocken- als auch Nassfutter Getreidezusätze enthielten. Sie recherchierte im Internet nach Alternativen und schrieb eine Liste möglicher

Hersteller, Produkte und Bezugsquellen auf. Alternativ gab sie Tipps, wie die Halterin selbst verträgliches Futter zubereiten könnte. Hier konnte sie gut auf ihre eigenen Erfahrungen mit Rudi zurückgreifen.

»Sie schickt der Himmel«, sagte die ältere Dame. »Ich habe doch Zeit genug, um sein Futter selbst zuzubereiten, und was gibt es Schöneres, als Zeit mit seinem Haustier zu verbringen und zu wissen, dass es ihm gut geht?«

Eine halbe Stunde später, wieder um fünfzig Euro und weitere positive Erfahrung reicher, traten Ella und Rudi den Heimweg an.

Ella war unglaublich motiviert. Zum ersten Mal seit Jahren hatte sie das Gefühl, dass sie etwas Sinnvolles tat. Sie konnte anderen helfen, und ihre Hilfe wurde dankbar angenommen und wertgeschätzt! Ein Gefühl, dass sie bisher weder in ihrem Job noch bei der Pflege ihrer Eltern erfahren hatte.

»Ich fühle mich richtig gut«, vertraute sie Rudi einige Tage später an, nachdem sie einen besonders kniffligen Fall gelöst hatten. Zwei Hunde kamen nicht mehr miteinander klar, konnten selbst aber nicht mehr sagen, warum. Es kostete Ella einige Zeit und Mühe, sie wieder zu versöhnen. Wie bei uns Menschen, dachte sie unwillkürlich. Da gab ein Wort das andere, und plötzlich hatte man Streit um des Streites willen und konnte noch nicht einmal sagen, warum, außer, dass angeblich der andere angefangen hatte.

Rudis Anwesenheit bei dieser Arbeit war für Ella enorm hilfreich. Einerseits schaffte es in den meisten Fällen Vertrauen, wenn sie selbst einen Hund besaß, andererseits legte sie viel Wert auf eine zweite Meinung.

»Du bist doch super, du kannst alles alleine, brauchst mich eigentlich gar nicht«, meinte Rudi, doch Ella widersprach. Inzwischen hatte sie ihr Gewerbe offiziell angemeldet und Rudi war Teil ihrer Geschäftsstrategie.

Langsam sprach sich herum, dass sie wirklich gut war, denn immer mehr potenzielle Kunden kamen über Empfehlungen und Mund-zu-Mund-Propaganda zu ihr. Ella war fast jeden Tag unterwegs. Darüber vergaß sie sogar die Fortsetzung ihres Töpferkurses.

Schnell kam der Moment, an dem sie einsah, dass sie doch ein eigenes Auto brauchte, um schneller und mobiler zu sein. Sie entschied sich für einen gebrauchten Kleinwagen mit genügend Platz für Rudi im Kofferraum. Außer ihm brauchte sie für ihre Tätigkeit nichts weiter.

»Es ist so schön, dass Sie nicht diesen ganzen Hokuspokus machen wie diese ganzen anderen Tiertrainer und -therapeuten«, vertraute ihr eine Kundin an. »Und es funktioniert trotzdem!«

»Ich habe schon alles versucht, aber Sie sind die erste, die uns wirklich helfen konnte!«, sagte eine Zweite.

Es war ein neues Gefühl für Ella, ein Talent zu haben, das sie einzigartig machte, und mit dem sie sogar Geld verdienen konnte.

»Du solltest dich Hundeflüsterin nennen«, schlug Rudi vor.

»Das ist kein offiziell zugelassener Beruf«, widersprach Ella.

Der Spackel verdrehte die Augen. »Ihr Dosenöffner seid manchmal echt beschränkt. Und mit mir reden kannst du wohl auch nicht, weil das nicht offiziell zugelassen ist, was?«

Doch noch hatte Ella Skrupel.

»Sie müssen mehr Geld verlangen, Sie sind so gut, und die Leute sind bereit, höhere Preise zu zahlen«, rieten ihr immer mehr Klienten.

Also erhöhte Ella ihre Preise moderat, denn letztendlich hatte sie selbst immer noch das Gefühl, nicht gut genug zu sein. Auch wollte sie Menschen, die sich ihre Dienste nicht leisten konnten, nicht ausschließen.

»Wenn jemand dich wirklich nicht bezahlen kann, dann arbeite doch auf Tauschbasis, das machen Tiere schließlich auch«, schlug Rudi vor, der sich inzwischen von einer welligen, verfilzten Tonne in einen ranken und schlanken Spackel mit seidig glänzendem Deckhaar verwandelt hatte, der insbesondere vor Hundedamen gerne posierte. »Beispielsweise Infos gegen Sex.«

»Rudi! Das kann ich nicht machen, das ist Prostitution!«, rief Ella schockiert.

Rudi schielte. »Nicht für mich.«

Er hatte recht. Ella gab ihm ein Leckerli aus der Dose, die er mit seinem Blick fixiert hatte. »Also schön, die Idee ist genial, ich arbeite ab sofort auch auf Tauschbasis. Aber nicht gegen Sex, jedenfalls nicht für mich«, fügte sie schnell hinzu, woraufhin Rudi huldvoll nickte.

Ella erhöhte ihre Preise noch einmal moderat und bot gleichzeitig auch die Möglichkeit des Tauschhandels an. So kam sie unter anderem in den Genuss einer Shiatsu-Massage, einer persönlichen Einkaufsberatung und eines Stylings. Außerdem lernte sie eine mobile Friseurin, eine Hundekuchenbäckerin, eine Floristin, eine Hunde-Gassi-Geherin und eine Zahnärztin kennen. Letztere hatte sich gerade erst niedergelassen und bot ihr eine kostenlose professionelle Zahnreinigung an. Eine Frau, die ihre Hilfe über mehrere Wochen in Anspruch nahm, besaß ein paar Straßen weiter ein vegetarisches Café und verpflegte Ella jedes Mal, sobald sie vorbeikam, umsonst, bis es ihr fast peinlich wurde.

Männer waren bei ihren Klienten massiv unterrepräsentiert, stellte Ella erstaunt fest, und die wenigen, die zu ihr kamen, bezahlten immer sofort. Ob das daran lag, dass sie genug Geld hatten, oder eher daran, dass sie Hemmungen hatten zu tauschen, wurde Ella nicht klar.

Interesse an ihr als Frau zeigte keiner, obwohl Ella sich,

ohne es selbst zu merken, dank ihres regen Styling-Tausch-handels und ihrer Ernährungsumstellung von der überge-wichtigen grauen Maus allmählich in eine gutaussehende Frau verwandelte, die ihren eigenen modischen Stil gefun-den hatte.

Selbst Rudi schlenderte nicht mehr unbeteiligt hinter ihr her, als ob sie ihm peinlich sei, sondern lief stolz erhobe-nen Hauptes neben ihr, wenn sie gemeinsam spazieren oder auf Klientenbesuch gingen. Er nannte sie auch nicht mehr »Dosenöffner«, sondern »Eleonora«. Ella, die diesen Namen von niemandem außer Hans-Jürgen gewöhnt war, wusste erst nicht, ob das ein Kompliment sein sollte, aber Rudi ver-sicherte ihr, dass dem so wäre. Er bestand seinerseits darauf, weiterhin Rudi genannt zu werden.

*

Eines schönen Tages kam Post: das neue Programm des Seminarhofs in Brandenburg.

Den zweiten Teil ihres Töpferkurses hatte Ella bei der gan-zen Aufregung in letzter Zeit vergessen. Dennoch stand ihr der Sinn nach einer Ablenkung. Sie rief die Kursleiterin an, die ihre Sachen inzwischen gebrannt hatte und bereit war, sie in einen anderen Töpferkurs aufzunehmen, damit Ella ihre Sachen fertigstellen konnte.

Mandy war begeistert von Ellas neuem Aussehen und machte ihr Komplimente zu Rudi, den sie wie einen lange verschollenen Freund begrüßte. Auch er schmiss sich regel-recht an die junge Dame ran.

»Du solltest eigentlich ein Zimmer im ersten Stock bekom-men, aber wegen ihm gebe ich dir besser wieder eins im Erd-geschoss«, sagte Mandy, nachdem sie sich endlich von Rudi losgerissen hatte, und überreichte Ella einen Zimmerschlüssel.

Diesmal hatte sie wieder einen Blick auf den Innenhof. Der Duschvorhang war blau. Ella packte aus, ging mit Rudi spazieren, gab ihm Futter und ging zum Abendessen in den Speiseraum.

Sie wollte gerade auf ihre Töpferlehrerin zusteuern, als sie ein bekanntes Gesicht sah: Gabi! Was machte die denn schon wieder hier?

»Ich habe nächste Woche wieder einen Anfängerkurs und dachte mir, ich komme schon ein paar Tage früher. Schließlich muss man selbst auch mal Urlaub machen«, zwitscherte Gabi und lachte dabei gekünstelt.

Merkwürdig, dachte Ella. An Gabis Tonfall hörte sie, dass etwas anderes dahinter stecken musste, hatte aber keine Ahnung, was es sein könnte. Plötzlich wünschte sie sich Rudi herbei. Er hätte Gabis Gedanken sicher lesen können.

»Und, alles gut bei dir?«, fragte Gabi. »Läuft's denn inzwischen mit der Tierkommunikation?«

Anscheinend hatte sie noch nichts von Ellas bescheidenen Erfolgen gehört. »Leider nur mit Hunden«, sagte Ella entschuldigend und fügte schnell hinzu: »Das ist aber bestimmt meine Schuld. Vielleicht bin ich einfach nicht gut genug.«

»Ich kann noch mal versuchen, dich zu hypnotisieren«, bot Gabi an. »Vielleicht platzt der Knoten bei dir dann endlich.«

»Nein, danke!«, sagte Ella schnell.

Gabi guckte etwas eingeschnappt. »Kannst es dir noch überlegen. Wenn ich einen Fehler gemacht habe, dann korrigiere ich den selbstverständlich. Ich habe einen neuen Kurs besucht, ich bin jetzt zertifizierte Hypnose-Expertin.«

»Danke, ich überlege es mir«, wich Ella aus. War Gabi jetzt wirklich Hypnose-Expertin, oder hatte sie nur ein Zertifikat, welches sie als solche auswies?

Ich muss das mit Rudi besprechen, dachte Ella. Egal, was

man davon hielt, einen Hund um Rat zu fragen – er würde eine Antwort haben.

Direkt nach dem Abendessen schnappte sie sich den Spackel und ging mit ihm eine Runde spazieren. Es war inzwischen dämmrig, deshalb bestand Ella darauf, auf den Wegen zu bleiben.

Aber bevor sie ein Gespräch beginnen konnte, kamen ihnen drei Gestalten entgegen, die sich als Martin, Rover und Herrmann entpuppten. Gabi war nicht dabei.

Nachdem sich Menschen und Hunde begrüßt hatten, fragte Martin: »Wollen Sie ein Stück mit uns gehen? Wir drehen eine Runde um den See, dauert etwa eine halbe Stunde.«

Ella warf einen zweifelnden Blick gen Himmel. »Ist es dafür nicht schon zu dunkel?«

»Wir haben Vollmond, und der Himmel ist beinahe wolkenlos. Außerdem habe ich eine Taschenlampe dabei.« Zum Beweis schwenkte er eine ziemlich große.

Rover und Herrmann liefen frei herum. Unschlüssig betrachtete Ella Rudi, der an seiner Leine zog und ebenfalls losgebunden werden wollte. »Er kennt sich hier nicht aus.«

»Du bist echt peinlich, mich hier als Bondage-Model vorzuführen!«, knurrte Rudi verärgert.

»Kein Problem, wir passen schon auf ihn auf«, kam von Herrmann.

»Die meisten Hunde sind in der Lage, ihre eigene Fährte wieder aufzunehmen, um zurückzufinden«, beruhigte Martin sie.

»Also schön«, sagte Ella und löste die Leine, woraufhin Rudi lossauste, als wolle er allen beweisen, dass er mit den größeren Hunden mithalten konnte.

»Ich habe nicht viel Ahnung von Hunden«, sagte Ella, weil sie das nach wie vor dachte, egal, wie oft ihre Klienten versuchten, sie vom Gegenteil zu überzeugen. »Er hat mich quasi adoptiert und musste mir Vieles beibringen. Wir lernen also voneinander.«

»Passen Sie nur auf, dass er Ihnen nicht auf der Nase herumtanzt. Hunde sind sehr intelligente Tiere. Bevor Sie sich versehen, hat er Sie erzogen und nicht Sie ihn.«

»Ja, das versucht er ständig«, gab Ella zu. »Meistens gelingt es ihm auch.«

Martin sah sie von der Seite an. »Sie waren, als Sie beim ersten Mal hier waren, nicht sonderlich fit, aber inzwischen sehen Sie so aus, als hätten Sie abgenommen. Sie beide. Ist mir gleich aufgefallen. Steht Ihnen.«

»Ehrlich?«, fragte Ella, die nicht recht wusste, ob das ein Kompliment war, und falls ja, wie sie damit umgehen sollte.

Eine Weile liefen sie schweigend nebeneinander her, bis die Lichter des Gutshofes wieder vor ihnen auftauchten. Die Hunde rannten immer noch hin und her, wenn auch nicht mehr ganz so wild wie zu Beginn des Spaziergangs. Selbst Rudi schien gut mitzuhalten.

»Führen Sie den Seminarbetrieb schon lange?«, fragte Ella, um das Schweigen zu beenden.

»Seit gut einem Jahr. Es läuft erst langsam an. Wir sind noch nicht so bekannt.«

»Dabei liegen Sie doch ideal, gerade mal eine knappe Stunde von Berlin entfernt«, sagte Ella überrascht.

»Schon, aber in Berlin gibt es unzählige Unterrichtsräume und Kursangebote. Viele wollen gar nicht woanders hinfahren und womöglich noch übernachten, wenn sie etwas Ähnliches gleich um die Ecke geboten bekommen.«

»Dann sollten Sie sich auf Seminare konzentrieren, bei denen es wichtig ist, dass die Leute aus ihrer gewohnten Umgebung herauskommen«, entgegnete Ella spontan. »Meine Gesundheitskurse zum Beispiel, die ich damals gemacht habe – wegen zwei Stunden pro Tag würde ich nicht bis hierher fahren. Vielleicht habe ich deshalb so viele Kurse gleichzeitig gebucht, weil ich das Gefühl hatte, meinen Tag füllen zu müssen. Gabis Kurs hingegen ging über mehrere Stunden pro Tag, und man konnte abends selbständig üben. Da ist es schön, wenn man als Gruppe zusammen bleiben kann.« Da sie sich nicht sicher war, wie viel er über Gabis Kursinhalte wusste, schwieg sie lieber wieder.

»Tja, Gabis Kurse locken ein ganz spezielles Publikum an. Sie zahlt gut, und sie bringt regelmäßig Gäste ins Haus. Ich bin mir nur nicht sicher, ob das eine Richtung ist, in der wir uns spezialisieren wollen. Vielleicht sollten wir lieber Managerfortbildungen anbieten. Das ist lukrativer.«

»Manager erwarten aber wahrscheinlich etwas Luxuriöseres«, sprach Ella aus, was sie dachte. Sie wollte ihn nicht verletzen, aber sie wollte auch nicht, dass er sich falsche Hoffnungen machte. Hans-Jürgen beispielsweise würde freiwillig nicht hier bleiben. »Der Gutshof hat ja eher eine familiäre Atmosphäre, und die Zimmer sind sauber und gemütlich, aber womöglich nicht das, was Führungskräfte erwarten würden.«

Martin schwieg ein paar Sekunden. Oh je, dachte Ella, ich habe ihn verärgert. »Es tut mir sehr leid, das geht mich natürlich nichts an.«

»Nein, Sie haben schon recht mit dem, was Sie sagen«, gab er zu ihrer Überraschung zu. »Ich hätte mir von Anfang an mehr Gedanken über die Zielgruppe machen müssen, mich stärker fokussieren, aber wir waren einfach nur froh, dass überhaupt Gäste kamen. Deshalb haben wir alles angenommen, was wir kriegen konnten.«

»Nun, das muss zu Beginn ja nichts Schlechtes sein. Vielleicht spricht sich durch Mundpropaganda herum, dass es hier ein gutes Seminarhotel gibt, und sie empfehlen es anderen Kursleitern weiter.«

»Wir werden über Ihre Anregungen nachdenken. Danke, Ella.« Da sie inzwischen kurz vor dem Gutshof angekommen waren, pfiff er nach den Hunden, die alle drei brav ankamen.

Ella streichelte und lobte Rudi ausgiebig, obwohl ihr selbst klar war, dass er in diesem Moment nur der Ersatz für jemand anderen war.

*

Am nächsten Morgen ging Ella zum Töpfern. Diesmal konnte sie ihre Emotionen nicht an einem Tonklumpen rauslassen, sondern versuchte stattdessen, ihre Schalen und ihre Plastik mit Glasur zu bemalen. Danach mussten die Sachen wieder trocknen, bevor sie gebrannt werden konnten.

Hieß das etwa, dass sie noch ein drittes Mal wiederkommen musste? Allmählich dachte Ella, dass sie sich nicht ausgerechnet Töpfern hätte aussuchen sollen. Oder wenn, dann in Berlin und nicht in Brandenburg.

»Wo ist dein Problem, ich komme gerne her«, knurrte Rudi, den sie bei ihrer Rückkehr aufgeweckt hatte.

»Ich will nicht, dass Martin denkt, dass ich nur wegen ihm herkomme.«

Rudi legte die Stirn in Dackelfalten, als denke er angestrengt nach. »Tust du das denn?«

»Nein!«, stritt Ella etwas zu schnell ab. »Ich will nur nicht, dass er das denkt.«

»Ihr Zweibeiner seid schon eine merkwürdige Spezies«, seufzte Rudi. »Die Gedanken eines Hundes kannst du lesen, aber die eines paarungsbereiten Menschenmännchens nicht.«

»Er ist ein Mann, kein Männchen«, widersprach Ella automatisch.

Rudi seufzte erneut. »Von mir aus. Mann. Aber dass er paarungsbereit ist, hast du schon gemerkt, oder?«

»Rudi!«

»Wieso? So was riecht man doch.«

»Ich nicht«, entgegnete Ella pikiert.

»Gabi ist auch paarungsbereit.«

»Rudi!«, rügte Ella erneut. »So spricht man nicht.«

»Wie denn dann? Soll ich sagen, sie riecht paarungsbereit?«

Ella gab auf. Aufklärungsunterricht durch einen Hund konnte nur zu Kommunikationsdesastern führen. »Gabi ist auch ziemlich oft hier«, wechselte sie das Thema.

Zumindest dachte sie, dass sie das Thema gewechselt hätte. Doch an Rudis Spürnase kam sie nicht so ohne weiteres vorbei. »Die Sache ist doch klar, sie ist hier, weil sie Interesse an Martin hat.«

Aus Rudis Schnauze klang es völlig logisch. Trotzdem fragte Ella misstrauisch: »Woher willst du das wissen?«

Rudi nieste. »Herrmann hat's mir gesteckt. Ihm gefällt's hier, aber er meinte, die Art, wie Gabi sich an Martin ranschmeißt, sei ihm echt peinlich.«

»Aber er ist doch verheiratet«, gab Ella zu bedenken.

»Eine dumme Angewohnheit der Dosenöffner. Hunde können jederzeit losrammeln, sogar in der Öffentlichkeit. Ihr hingegen müsst immer alles heimlich machen.«

»Du meinst, dass Martin und Gabi …?«

»Herrmann sagt, sie ist ganz heiß auf ihn.«

»Ja, aber ist er auch heiß auf sie?«

Rudi legte den Kopf schief. »Warum willst du das wissen?«

»Nur so«, log Ella.

Aber diese Rechnung hatte sie ohne Rudi gemacht. »Was bekomme ich, wenn ich's rausfinde?«

»Vergiss einfach, was ich gesagt habe.«

»Wieso? Warum, glaubst du, schnüffeln wir Hunde andere Hunde zur Begrüßung ab?«

Ella ließ sich aufs Bett fallen, um sich die Schuhe auszuziehen. »Riechst du auch, ob ich ihn mag?«

»Aber Hallo. Deine Wünsche sind mir ein offenes Buch.«

Ella schämte sich. Vor ihrem Hund. Trotzdem murmelte sie: »Glaubst du denn, dass er mich auch mag?« Seine Gedanken hatten nicht unbedingt darauf hingedeutet.

»Kommt Zeit, kommt Rudi.«

»Das heißt: Kommt Zeit, kommt Rat«, verbesserte Ella automatisch.

Rudi schlabberte Wasser. »Kommt Zeit, kommt Rudi.«

»Von mir aus.« Sie hatte keine Lust, sich mit ihrem Hund zu streiten. »Wollen wir vor dem Abendessen noch eine Runde spazieren gehen?«

»Nein«, antwortete Rudi, rollte sich in seinem Hundekorb zusammen und vergrub die Nase zwischen seinen Pfoten, als ob er schmollte.

Also ging Ella alleine spazieren und danach zum Abendessen. Dabei lief ihr Gabi über den Weg. Sie schien widerlich gute Laune zu haben und rieb Ella auch gleich trällernd den Grund unter die Nase: »Guten Appetit! Ich werde mein Abendessen heute nicht im Speiseraum einnehmen, sondern mit der Familie.«

Musste die nicht während des Abendessens helfen?, überlegte Ella. Zumindest Mandy. Aber an der hatte Gabi eh kein Interesse. »Guten Appetit«, war alles, was sie höflichkeitshalber rausbrachte.

Hatte Gabi es also geschafft. Aber sie war ja auch extra hergekommen, um sich an Martin ranzuschmeißen. An einen verheirateten Mann.

Wieso tat der Gedanke nur so weh?

Flüstertainment

Der Rest ihres Aufenthalts auf dem Gutshof war ereignislos verlaufen. Nach dem Abendessen waren Ella und Rudi noch zusammen um den See gelaufen, diesmal alleine, und hatten sich dabei unterhalten wie ein altes Ehepaar. Am Sonntagmorgen hatten sie eine weitere Runde gedreht, wieder alleine, und am Sonntagmittag waren sie nach Berlin zurück gefahren.

Ihre Töpferlehrerin hatte gesagt, dass sie ihre fertig glasierten und gebrannten Sachen ab nächster Woche abholen könne. Doch Ella sah sowieso keine Verwendung für ihre zweifelhaften Kunstwerke, und Gabi, Martin und den Gutshof wollte sie momentan auch nicht wiedersehen, deshalb hatte sie sehr vage geantwortet, dass sie mal schauen müsse, wann sie Zeit habe.

Ihre Arbeit mit anderen Hunden und deren Haltern lenkte sie ab. So ganz traute Ella ihrem Erfolg immer noch nicht. Tief in ihrem Inneren hatte sie Angst, dass ihr Talent, das sie als Kind offensichtlich besessen hatte und das über Nacht wieder aufgetaucht war, genauso schnell wieder verschwinden könne.

Als die Anfrage einer Fernsehredakteurin kam, ob Ella sich vorstellen könne, eine eigene Dokuserie zu machen, hielt sie dies zunächst für einen Scherz. Erst auf Drängen Rudis sagte sie schließlich einem ersten unverbindlichen Gespräch zu.

Die Redakteurin hieß Dagmar und war älter, als Ella gedacht hatte, vielleicht Ende vierzig. Irgendwie hatte sie gemeint, im Fernsehen würden nur junge, dynamische, zickige, superschlanke Frauen beschäftigt.

»Vielleicht als Moderatorinnen, aber ich bin Redakteurin,

sogar eine fest angestellte«, sagte Dagmar. »Geschichten mit Tieren kommen bei unseren Zuschauern überdurchschnittlich gut an, und nach all den Hundetrainern, über die es schon Doku-Serien gibt, finden wir deinen Ansatz mit der Tierkommunikation sehr spannend, weil es etwas ganz Neues ist. Wir haben gedacht, dass wir vielleicht erst einmal nur zwei oder drei Fälle drehen, die wir innerhalb von Magazinsendungen ausstrahlen, und wenn unsere Zuschauer mehr sehen wollen, bekommst du eine eigene Serie und gehst wöchentlich auf Sendung.«

»Ich? Im Fernsehen? Ich weiß wirklich nicht, ob ich mir das zutraue«, sagte Ella, die sich selbst immer noch als dick, hässlich und unsicher empfand, obwohl sie inzwischen nichts mehr davon war.

»Deshalb wollen wir erst ein paar Testdrehs machen, aber so, wie du bisher rüberkommst, brauchst du dir wirklich keine Sorgen zu machen.«

»Aber ich weiß gar nicht, ob ich Klienten habe, die bereit sind, vor laufender Kamera über ihre Probleme zu reden«, gab Ella zu bedenken. In letzter Zeit bekam sie immer mehr das Gefühl, dass die Menschen der problematische Teil der Hund-Halter-Beziehung waren, nicht der Hund.

»Das lass nur unsere Sorge sein. Wir starten einfach einen Aufruf und casten Freiwillige. Es gibt auch genug B- und C-Promis, die dankbar für jede Publicity sind.«

»Mach es!«, befahl Rudi. »Ich will auch ins Fernsehen!«

*

In der Nacht vor dem ersten Probedreh schlief Ella kaum.

»Meine Güte, das ist doch nur ein Test«, sagte Rudi, der die ganze Nacht über selig geschnarcht hatte. »Dagmar hat doch selbst gesagt, wenn es nicht gut genug ist, wird es nicht ausgestrahlt. Sei einfach du selbst, dann klappt das schon.«

Das gleiche sagte auch Dagmar, als Ella sehr bleich und zitternd vor Nervosität vor ihr stand.

Die Visagistin überschminkte die Blässe gekonnt. Rudi war ebenfalls auf Hochglanz gebürstet worden. Der Kameramann und der Tontechniker hatten alle Einstellungen vorher abgesprochen und getestet. Ella und Rudi hatten Marlene, die Frau mit dem für den Dreh ausgesuchten Problemhund Saphir, schon vorher kennengelernt, obwohl es bei der Ausstrahlung so aussehen solle, als ob sie sich zum ersten Mal träfen.

Saphir war eine telegene weiße Spitzdame, auf die Rudi sofort begehrliche Blicke warf. Ihr Fall war insofern interessant, weil sie Angst hatte, alleine im Garten zu sein, was für einen Hund eher ungewöhnlich war. Ella gelang es schnell, herauszufinden, dass der Nachbarjunge sich einen Spaß daraus machte, in den Garten zu klettern und Saphir mit einem Stock zu jagen. Um dies zu beweisen, wurden Überwachungskameras installiert, die tatsächlich zeigten, wie der Junge versuchte, den Hund zu schlagen. Das Team konfrontierte den Jungen sowie seine Eltern mit dem Material und der Junge versprach hoch und heilig, Saphir in Zukunft in Ruhe zu lassen.

Dagmar hatte zunächst rechtliche Bedenken, ob dieser Fall überhaupt ausgestrahlt werden könne, aber der Sender entschloss sich, das Gesicht des Jungen unkenntlich zu machen.

»Vielleicht sollte man das nicht gerade als erstes ausstrahlen«, gab Ella zu bedenken, die plötzlich mehr Angst um den Jungen hatte als um ihren eigenen Ruf.

Ihr zweiter Fall war nicht minder spektakulär: Eine Frau verdächtigte ihren Mann, sie mit ihrer besten Freundin zu betrügen. Auch hier konnte der Hund, ein schokofarbener Labrador, diesen Verdacht bestätigen, und das Paar wurde in flagranti vor laufender Kamera erwischt.

»Also, ich weiß ja nicht, ob man so etwas im Vorabendprogramm zeigen kann«, sagte Ella vorsichtig. »Das ist doch deren Privatangelegenheit.«

Doch Dagmar beruhigte sie, dass alle Personen ihr schriftliches Einverständnis zur Ausstrahlung gegeben hätten. »Manche Leute sind so geil darauf, ins Fernsehen zu kommen, denen ist es fast egal, womit.«

Ella hatte trotzdem moralische Bedenken. Sie wollte nicht das Vehikel für kamerageile Selbstdarsteller sein, sondern Hunden und Menschen helfen.

»Das tust du«, beruhigte Dagmar sie. »Wir haben die Trailer ersten Testsehern gezeigt und die waren begeistert.«

Ellas dritter Fall war ein männlicher C-Promi mit einem Boxer, der einen unerklärlichen Ausschlag hinter dem linken Ohr hatte. Während der alternde Schlagerstar versuchte, Ella schöne Augen zu machen, erzählte sein Boxer, dass er sich jedes Mal, wenn sein Herrchen versuchte, irgendwelche jungen Frauen anzumachen, vor Verlegenheit hinter dem Ohr kratzte. Bevorzugt hinter dem linken.

Ella hätte am liebsten laut gelacht, bemühte sich aber, ein ernstes Gesicht zu machen und dem Mann so einfühlsam wie möglich klarzumachen, dass sein Hund sich für sein Verhalten schämte. Obwohl sie keine Psychologin war, schien sie genug Hunde- und Menschenverstand zu besitzen, um das Thema unterhaltsam rüberzubringen. Dagmar jedenfalls war ganz begeistert von Ella.

»Du bist wirklich ein Naturtalent! Was für eine Story, die wird einschlagen wie eine Bombe! Vertrau mir, wir bringen dich ganz groß raus.«

Das mit dem ganz groß rausbringen war Ella gar nicht so

lieb, aber Dagmar hatte mit ihrer Einschätzung recht, dass das Publikum Ella und Rudi liebte und auch das Doku-Konzept ankam. Bereits nach Ausstrahlung der ersten Testsequenz konnte der Sender sich vor Anfragen von Zuschauern, die darum baten, dass Ella auch ihnen helfen solle, kaum retten. Manche meldeten sich auch direkt bei ihr und vereinbarten einen ganz normalen Termin, aber viele hatten gar nichts dagegen, dass ein Kamerateam dabei war.

Ella unterschrieb den Vertrag für zunächst zehn Folgen, die zu ihrer großen Überraschung recht zeitnah abgedreht und gesendet werden sollten. Von ihrer ersten Gage kaufte sie endlich ein neues Sofa für sich und Rudi.

»Ella, die Hundeversteherin«, titelte eine bekannte Zeitschrift, und bald kamen die ersten Interviewanfragen.

»Meine Güte, bei dem ganzen Rummel komme ich gar nicht mehr zum Arbeiten!«, beschwerte Ella sich bei Rudi, dem der ganze Rummel, der auch um ihn gemacht wurde, sehr gut gefiel.

»Mir liegen die Hundedamen zu Pfoten, ich verstehe gar nicht, wieso du nicht schon Dutzende von Verehrern hast«, antwortete Rudi. »Außerdem ist das doch keine Arbeit, das ist Vergnügen!«

Ella murmelte etwas von »Hunden, die keine Ahnung haben«, was Rudi ignorierte, da er sich nicht angesprochen fühlte.

Durch die Publicity wurde auch Rudis Vorbesitzerin auf sie aufmerksam und meldete sich. Ella hatte zunächst Angst, dass sie ihr Rudi wieder wegnehmen wollte, aber Rudi wollte sie gerne wiedersehen.

Da Hunde im Pflegeheim verboten waren, trafen sie sich in einem nahen Park. Elisabeth war eine wirklich nette ältere Dame, die krankheitsbedingt im Rollstuhl saß und selbst wusste, dass sie nicht mehr lange zu leben hatte und Rudi nicht bei sich behalten und versorgen konnte. »Ich wollte nur sichergehen, dass es ihm gut geht … und bei Ihnen geht es ihm gut, das spüre ich ganz deutlich!«

Ella versprach, Elisabeth ab und zu mit Rudi zu besuchen, aber beide widersprachen: Für sie war es ein endgültiger Abschied. Ella war fast ein bisschen stolz auf Rudi, mit wie viel Fassung er seinem ehemaligen Frauchen ein letztes Mal das Gesicht ableckte.

*

Die ersten zehn Folgen von Ellas Serie kamen so gut an, dass der Sender sofort eine zweite Staffel drehen wollte. Ella war der viele Wirbel um ihre Person nicht geheuer, sie wollte zunächst absagen. Als sie aber die Summe sah, die ihr angeboten wurde, überlegte sie es sich schnell anders.

»Verkaufe ich meine Seele, Rudi, wenn ich es wegen des Geldes mache?«, fragte sie ihn.

»Nein, du würdest deine Seele nur verkaufen, wenn du es wegen des Ruhms machen würdest«, beschloss Rudi und leckte sich erwartungsvoll die Schnauze, was für Hundedamen er wohl in den neuen Episoden kennenlernen würde.

»Eigentlich gehört der Ruhm dir«, meinte Ella. Tatsächlich hatte Rudi beinahe mehr Fans als sie selbst, was Ella durchaus freute, da es ihr nach wie vor unangenehm war, im Mittelpunkt zu stehen. Auch war ihr klar, dass Rudi nicht mehr der Jüngste war. Von dem Geld, das sie zusammen verdienten, könnte sie ihm einen schönen Lebensabend bereiten.

»Hey, denk nicht von mir, als stünde ich schon mit einer Pfote im Grab!«, beschwerte Rudi sich. »Ich will in meinem Hundeleben noch viele Hundedamen beglücken!«

Ella lächelte. »Du bist wirklich unverbesserlich.«

»Wieso? Ich bin einfach nur ein ganz normaler Hund. Und

du solltest allmählich mal anfangen, dich wie eine ganz normale Frau zu benehmen, und dir ein paar Partner suchen.«

»Einen, nur einen!«, entgegnete Ella leicht schockiert.

Rudi guckte missbilligend. »Na, dann eben nur einen. Aber selbst den hast du noch nicht.«

Ella dachte an Martin. Falls ihr irgendwelche Männer in der Zwischenzeit Interesse entgegengebracht hatten, so hatte sie dies jedenfalls nicht mitbekommen.

»Was ist zum Beispiel mit dem Kameramann? Der riecht gut«, schlug Rudi vor.

»Der ist höchstens Mitte zwanzig!«

Rudi guckte verständnislos. »Na und?«

Aber Ella schüttelte den Kopf.

»Und der Anwalt mit dem Rehpinscher?«

»Ich bitte dich. Ein Mann mit einem Rehpinscher, das sagt doch schon alles.«

»Und was, bitte?«

Ella schwieg.

»Was ist denn mit dem Studiobesitzer, der die beiden Kampfhunde hat?«

»Das ist ein Tattoostudio, und der Mann ist am ganzen Körper tätowiert. Außerdem möchte ich nicht ständig von Kampfhunden umgeben sein.«

»Okay, aber was hast du gegen den Hundefriseur?«

»Der ist schwul.«

»Niemand ist vollkommen«, entgegnete Rudi. »Ich bespringe auch Rüden, wenn gerade keine Hündin da ist.«

»Ich nicht«, sagte Ella entschieden. Wie konnte sie diese Diskussion mit einem in Menschenjahren gerechnet minderjährigen Hund schnellstmöglich abbrechen? »Vielleicht bin ich einfach zu alt und uninteressant für die Männer. Die suchen alle junge, knackige, fitte Frauen.«

»Du bist doch jung, fit und knackig«, antwortete Rudi.

»Ich bin Mitte dreißig. Ich gehe also auf die Vierzig zu.«

Rudi schnüffelte. »Du bist noch läufig. Ich wünsche mir ein paar Welpen, die ich bemuttern kann.«

Ella, die schon gar nicht mehr wusste, was Sex überhaupt war, wehrte entsetzt ab. »Ich kann nicht glauben, dass du ein Hund bist. So was sagt ein Tier einfach nicht. Bist du vielleicht ein verwunschener Prinz und kannst nur deshalb mit mir sprechen?«

Rudi schüttelte den Kopf. »Meine Mutter war ein Spitz, und sie hat gesagt, mein Vater war ein Dackel. Schlag dir deine Märchenfantasien aus dem Kopf und sieh der Realität ins Auge: Du brauchst einen Mann.«

Ella dachte an Martin und seufzte.

*

Als hätte sie gerochen, dass Ella ihr Konkurrenz machte, meldete Gabi sich bei ihr. Vielleicht hatte sie aber auch nur ihre Sendung gesehen. Auf jeden Fall trällerte sie übertrieben aufgedreht ins Telefon: »Wollen wir nicht zusammen arbeiten? Ich gebe Seminare und du therapierst Tiere. Zusammen wären wir ein unschlagbares Team und könnten jede Menge Geld verdienen.«

Damit hatte sie ihre wahren Motive schnell verraten, dachte Ella bitter. Aber die Zeiten, in denen sie sich gutgläubig ausnutzen ließ, waren vorbei. Dank Rudi, der ihr diesbezüglich die Augen geöffnet hatte. Mal davon abgesehen, dass sie Gabi nach wie vor weder vertraute noch mochte, schien diese immer noch nicht begriffen zu haben, dass sich Ellas tierkommunikative Fähigkeiten ausschließlich auf Hunde beschränkten.

»Komm doch nächstes Wochenende zu meinem Refresher-Kurs«, trällerte Gabi weiter, unbeeindruckt von Ellas Absage. »Für dich als meine beste Schülerin natürlich kostenlos! Da können wir in Ruhe reden, und dann überlegst du es dir bestimmt noch mit der Zusammenarbeit.«

*

Ella hatte nicht wirklich Lust auf Gabi oder ihren Refresher-Kurs, aber auch nicht absagen können. Außerdem standen ihre Töpfersachen noch in der Werkstatt auf dem Gutshof.

»Fahr doch, mir gefällt's da«, meinte Rudi, der nicht verstand, wieso sie überhaupt darüber nachdachte. Fehlte nur noch, dass er sagte, er würde im Zweifelsfall auch ohne sie fahren.

Ein Zimmer war auch noch frei. Also gab Ella nach und buchte zwei Übernachtungen für sich und Rudi. Sie brauchte gar keinen Kurs zu besuchen. Gabi hatte beim letzten Mal schließlich auch ein paar Tage als Erholungsgast dort gewohnt.

»Nanu, diesmal kurslos?«, fragte Mandy, als Ella und Rudi eincheckten.

»Nicht ganz. Gabi hat mir angeboten, dass ich vielleicht zu ihr kommen kann.« Ella formulierte es absichtlich kryptisch, da sie nicht sicher war, welches finanzielle Arrangement zwischen der Seminarleiterin und dem Seminarhof bestand. »Ich zahle aber nichts«, beeilte sie sich zu sagen, nur für den Fall, dass dies andernfalls Ärger geben könnte.

Doch Mandy zuckte nur die Schultern. »Deine Entscheidung. Ich würde der ollen Schnepfe keinen einzigen Cent in den Rachen werfen.«

Nicht gerade sehr kundenorientiert, dachte Ella und nahm ihren Zimmerschlüssel entgegen. Diesmal hatte sie ein Zimmer im Erdgeschoss nach hinten raus. Der Duschvorhang war grün.

»Aber ehrlich«, bemerkte Rudi im Nachgang zu Ellas Gedanken. »Ich mag Mandy. Die sagt, was sie denkt, und verstellt sich nicht.«

Nach dem Abendessen gingen sie noch eine Runde um den See. Danach war Ella so müde, dass sie sich im Gemeinschaftsraum kurz auf die Couch legte.

Sie musste eingeschlafen sein, denn als sie erwachte, stand plötzlich Gabi vor ihr. »Fünf! Wie geht es dir?«

Ella fühlte sich erfrischt und ausgeruht. »Ja, gut, danke der Nachfrage, und dir?«

»Oh, mir geht es hervorragend«, sagte Gabi. »Wir sehen uns dann morgen früh!« Damit verschwand sie.

»Was für ein falscher Dosenöffner«, sagte Rudi, der unter dem Sofa hervorgekrochen kam, kaum dass Gabi das Zimmer verlassen hatte.

»Rudi! Entschuldigung, dich hatte ich ganz vergessen. Ich war wohl eingeschlafen.«

»Ja, sie hat dich in Schlaf versetzt.«

In Schlaf versetzt? Moment mal. Ella fühlte in sich. Sie fühlte sich frisch und ausgeruht. Genau so wie nach Gabis Hypnose. Hatte diese sie etwa ohne Absprache wieder hypnotisiert? Zu welchem Zweck?

Ella machte eine Bestandsaufnahme:

Sie konnte weiterhin mit Rudi sprechen.

Sie mochte Martin weiterhin.

»Rudi, weißt zu zufällig, was sie mir suggeriert hat?«

»Jede Menge Zeugs«, schnaufte Rudi. »Aber hauptsächlich, dass du nicht mehr mit Tieren kommunizieren kannst.«

Damit wäre ihre ganze Geschäftsgrundlage zunichte gemacht! In Ella stieg Panik auf. Konnte ein Mensch wirklich so eifersüchtig und gemein sein, dass er andere gegen ihren Willen hypnotisierte?

Ella schaute Rudi an. Rudi schaute zurück. »Aber wir kommunizieren doch miteinander, oder etwa nicht?«

»Ja, aber das kann doch jeder«, antwortete Rudi, als verstünde er ihr Problem nicht.

»Ich muss es unbedingt an anderen Tieren ausprobieren«, sagte Ella und stand so schnell vom Sofa auf, dass ihr schwindelig wurde.

Auf dem Weg nach draußen kamen sie an Martin und Rover vorbei.

»Wollen Sie uns eine Runde um den See begleiten?«, fragte Martin.

Ella zögerte. Schließlich war sie vorhin erst eine Runde um den See gelaufen, und nach dem gerade Erlebten war sie noch völlig durcheinander. Andererseits wäre ein Spaziergang vielleicht eine gute Ablenkung. »Gerne.«

»Die schon wieder«, dachte Rover. »Was will er nur wieder mit denen?«

»Wäre dir Gabi lieber?«, fragte Ella ihn in Gedanken zurück.

Rover schoss so schnell davon, dass Ella ihre Antwort hatte. Selbst Rudi hatte keine Chance, mit ihm mitzuhalten.

Moment mal. Rover hatte mit ihr gesprochen? Ausgerechnet Rover, der nicht mit jedem sprach? Vielleicht hatte Gabi doch nicht so viel Schaden angerichtet.

»Was ist denn in Rover gefahren?«, fragte sie an Martin gewandt.

»Keine Ahnung. Der benimmt sich seit heute Vormittag, als ob der Leibhaftige hinter ihm her sei.«

»War er zufälligerweise mit Gabi alleine?«, fragte Ella, die sogleich eine Theorie zu seinem Verhalten hatte.

»Nicht, dass ich wüsste. Er bewegt sich allerdings frei auf dem Gelände, nur für den Fall, dass er doch noch zum

Wachhund werden will. Keine Ahnung, was er heute gesehen oder gehört hat.«

Eine Weile gingen sie schweigend nebeneinander her. »Haben Sie denn heute wieder mit Gabi gegessen?«, fragte Ella endlich, um Konversation zu betreiben. Im gleichen Moment hätte sie sich für die Frage ohrfeigen können. Das Schweigen war durchaus angenehm gewesen.

Jetzt hingegen stutzte Martin und sah sie aufmerksam an. »Wie kommen Sie denn auf diese Idee? Ich darf keinen meiner Gäste bevorzugen.«

»Oh«, sagte Ella kleinlaut, weil das natürlich auch für sie galt. Immerhin gingen sie hier gerade zusammen spazieren, und das nicht zum ersten Mal, obwohl sie doch auch nur ein ganz gewöhnlicher Gast war. »Ich dachte nur, Gabi hätte da so was angedeutet … Es geht mich natürlich nichts an, aber sie ist ja auch kein Gast, sondern Dozentin.«

»Sie ist ein Gast, der durch seine Kurse weitere Gäste zu uns bringt«, stellte Martin klar. Was er über Gabi dachte, ließ er nicht durchblicken.

Zumindest schien er nicht an unerfüllter Liebe zu ihr zu leiden, dachte Ella. »Hat sie eigentlich auch schon mal versucht, Sie zu hypnotisieren?«

»Wer, Gabi? Hypnose? Die beherrscht ja noch nicht mal die Tierkommunikation, dann wird sie das erst recht nicht können!«

Anscheinend hatte Martin sich verplappert, denn er setzte sogleich hinzu: »Verzeihung, bitte vergessen Sie, was ich da gesagt habe. So spricht man nicht über andere Menschen.«

Vor allem, wenn man finanziell von ihnen abhängig ist, ergänzte Ella in Gedanken.

»Vor allem, wenn man finanziell von ihnen abhängig ist«, sagte Martin.

»Können Sie etwa meine Gedanken lesen?«, fragte Ella entsetzt.

»Was? Nein, natürlich nicht! Wieso, haben Sie eben dasselbe gedacht?«

Ella nickte. »Ich habe zwar ein Zertifikat von ihr, auf dem steht, dass ich die Tierkommunikation beherrsche, aber so vermessen, zu glauben, dass das stimmt, bin ich nicht.«

»Nun, ich denke, kompletter Humbug ist Tierkommunikation nicht«, antwortete Martin zu ihrer Überraschung. »Manchmal habe ich schon das Gefühl, als würde Rover mich verstehen.«

»Oh, ich bin sicher, dass er das tut«, antwortete Ella, die dies nur zu genau wusste. »Vielleicht sollten Sie zukünftig lieber aufpassen, was Sie ihm erzählen oder in seiner Gegenwart sagen oder denken.«

»Denken? Nun, das halte ich doch für etwas weit hergeholt.«

»Sie würden sich wundern, wie intelligent Hunde sind«, entgegnete Ella. Hoffentlich hielt er sie jetzt nicht schon wieder für verrückt, wenn auch anders verrückt als vorher. »Ich bin mir ziemlich sicher, dass Rudi meine Gedanken lesen kann.«

»Hmmm. Tja, dann werde ich mich wohl etwas zurückhalten müssen.« Er schmunzelte. »So, ich fürchte, ich muss wieder an die Arbeit. Ich hoffe, Sie schlafen gut. Sie und Rudi, meine ich natürlich.«

Ella bedankte und verabschiedete sich. Rover war mit Rudi im Schlepp angekommen, ohne gerufen zu werden, kaum, dass sie den Hof betreten hatten.

»Bekomme ich ein Leckerli?«, fragte Rudi hoffnungsvoll. »Ich habe so viel Sport gemacht!«

»Als Jagdhund musst du rumrennen, das liegt in deiner Natur«, antwortete Ella.

Rudi guckte eingeschnappt. »Dann eben: ich weiß was, was du nicht weißt. Das sage ich dir aber erst, wenn du mir ein Leckerli gegeben hast.«

»Ich lasse mich doch nicht von einem Hund erpressen!«

»Dann sag ich's eben nicht«, knurrte Rudi und stolzierte mit arrogant erhobenem Kopf und Schwanz an ihr vorbei.

Ella entschied, sich doch erpressen zu lassen, und gab ihm das Gewünschte, kaum dass sie in ihrem Zimmer waren.

Wieder gnädig gestimmt, klärte Rudi Ella auf. »Also, Rover sagt, dass Gabi hinter Martin her ist, weil sie glaubt, wenn sie erst einmal hier lebt, kann sie ständig Seminare geben, ohne dafür bezahlen zu müssen.«

»Was gar nicht so unclever ist«, meinte Ella. Sie wusste nicht, ob sie Gabi bemitleiden oder bewundern sollte. Sie wusste lediglich, dass sie ganz bestimmt morgen nicht zu ihrem Refresher-Kurs gehen würde.

Ella zog sich aus und ihr altes Nachthemd an. Rudi zuckte bei ihrem Anblick mit den Ohren. »Wenn du denkst, dass du Gabi mit so etwas ausstechen kannst, denk lieber nochmal nach.«

»Ich will sie doch gar nicht …«, begann Ella, aber Rudi schnarchte bereits.

*

Obwohl sie bis Sonntag gebucht hatte, entschied Ella sich, schon am Samstag zurückzufahren. Am Morgen hatte sie ihre getöpferten Werke zurück erhalten und der Kursleiterin verspätet die entstandenen Materialkosten gezahlt, die nicht im Kurspreis enthalten gewesen waren.

Jetzt stand sie mit drei Schalen und einem Tonhund an der Rezeption. Ella seufzte. Eine der Schalen könnte sie durchaus gebrauchen, aber was sollte sie mit drei?

Impulsiv fragte sie Mandy, ob sie im Gutshof vielleicht ein oder zwei Schalen brauchen könnte.

»Ich denke schon, vielleicht als Obstschale auf dem Buffet, oder zur Zierde auf der Kommode im Gemeinschaftsraum«, überlegte Mandy laut. »Aber du hast sie doch für dich getöpfert und bezahlt. Du hast sicher auch Verwendung dafür.«

»Ich behalte ja eine«, antwortete Ella. »Wirklich, ich würde mich freuen, wenn ihr sie nehmen würdet. Ich habe nur eine kleine Wohnung, ich bekomme die gar nicht alle unter. Ehrlich gesagt weiß ich gar nicht, warum ich so viele gemacht habe.«

Mandy grinste ein bisschen schief. »Tja, du bist so eine von diesen Leuten, die immer mit zweihundert Prozent durchs Leben rasen … Aber danke, wir können sie tatsächlich gebrauchen. Alles, was das Haus ein bisschen schöner macht, hilft.«

»Das Haus ist doch schön«, wandte Ella ein.

Aber Mandy schüttelte den Kopf. »Meine Mutter hatte Visionen, wie warm und einladend es sein sollte … bunte Vorhänge, ein paar Bilder von lokalen Malern an den Wänden und ein bisschen Kunsthandwerk überall, Sachen, die man kaufen kann, um die Leute in der Gegend zu unterstützen. Es gibt nicht viele Jobs hier.«

»Aber so ein Seminarbetrieb macht doch sicher viel Arbeit?«

»Oh, Arbeit gibt es genug. Nur nicht genug Jobs. Bezahlte Jobs, meine ich. Wir könnten hier gut einen Gärtner, ein oder zwei Küchenhilfen, ein weiteres Zimmermädchen, einen Fahrer und ein paar Helfer für die Landwirtschaft gebrauchen.«

Vermutlich brauchtes sie all diese Leute, konnten sie aber nicht bezahlen. Normal war es sicher nicht, dass ein Teenager wie Mandy seine Freizeit damit zubrachte, im elterlichen

Betrieb zu helfen, statt sich mit Freundinnen zu treffen und auf Partys zu gehen. Sie war wirklich erstaunlich gut erzogen, wenn sie das ohne zu Murren mitmachte. Ein bisschen erinnerte sie Ella an sich selbst als junge Frau. Sie hatte auch früh mit anpacken müssen.

»Ich wünschte, ich könnte helfen, aber von Landwirtschaft habe ich keine Ahnung, Kochen kann ich nicht besonders, und in Hausarbeit bin ich auch nur mittelmäßig. Aber Sekretariatsarbeiten und kaufmännische Tätigkeiten könnte ich machen.«

»Ist schon okay, das musst du nicht. Wir kommen schon klar.« Mandy lächelte übertrieben fröhlich. »Wir schaffen das. Irgendwie.«

Familienbande

»Können Sie uns nicht beibringen, wie wir mit unscrcm Hund kommunizieren können?«, wurde Ella immer öfter gefragt.

Ella dachte an Gabi und dass sie bestimmt über Leichen gehen würde, um eben dies zu verhindern. »Ich werd's mir überlegen.«

Aber auch Dagmar gefiel diese Idee. »Darüber könnte man ein Special drehen, das käme sicher super an.«

Wenn sie sich nur auf die Kommunikation zwischen Hund und Halter beschränkte und den ganzen Hokuspokus drumherum weglassen würde, wäre dies in der Tat etwas anderes, als Gabi es tat. Aber Ella war sich unsicher, wie sie ein Seminar aufbauen sollte. Sie schaute sich im Internet an, wie andere Hundetrainer es machten, aber deren Methoden waren ganz andere.

»Ist doch ganz einfach«, sagte Rudi. »Häng deinen Anspruch nicht so hoch, sondern mach einfach das, was du immer machst. Bring den Dosenöffnern einfach nur bei, wie sie mit uns kommunizieren müssen. Erklär, wie wir ticken, wie man mit uns Kontakt aufnimmt, was man beachten muss, mach ein paar Übungen, plaudere ein bisschen aus dem Nähkästchen deiner Erfahrungen, und gut.«

»Gabi hatte Stoff für eine Woche«, gab Ella zu bedenken.

Rudi schnaubte abfällig. »Weil sie keine Ahnung hat. Biete einen oder zwei Tage an, das reicht. Trefft euch irgendwo im Grünen, wo die Menschen ihre Hunde mitbringen können. Dann braucht keiner an fremden Tieren zu üben, wie bei Gabi, und du kannst direkt sehen, wie es zwischen Hund und Dosenöffner läuft, und gleich eingreifen, wo Hilfe nötig ist.«

»Rudi, du bist genial«, sagte Ella.

»Ich weiß«, gab Rudi sofort zu. »Während du manchmal 'nen Sprung in der Schüssel hast.«

Der Spruch mit der Schüssel brachte Ella über gedankliche Umwege wieder zu Martin. Ob sie seinen Gutshof als Seminarort nutzen könnte? Er hatte durchblicken lassen, dass er den esoterischen Firlefanz, den Gabi und nun wahrscheinlich in seinen Augen auch Ella machte, nicht mochte.

»Dann verkauf es einfach anders«, schlug Rudi vor. »Du bist doch die Hundeversteherin, das ist doch etwas ganz Normales.«

Also entwarf Ella ein Konzept für ein Wochenendseminar zum Thema »Deinen Hund besser verstehen« und schickte eine Anfrage an den Gutshof, ob in nächster Zeit noch ein Wochenende frei wäre.

Mandy antwortete prompt: »Hi Ella! Klar kannst du kommen, sag einfach wann und mit wie vielen Leuten. Preisliste anbei. Hunde kosten 10 Euro extra pro Nacht. PS: Deine Idee, dass die Leute ihre eigenen Hunde mitbringen, finde ich super. Wenn noch ein Platz frei ist, würde ich gerne mit Rover teilnehmen.«

»Nun, die Bitte kann ich ihr schlecht abschlagen«, sagte Ella zu Rudi, nachdem sie ihm die Mail vorgelesen hatte. »Was meinst du, sollen wir es wagen?«

»Da überlegst du noch? Mach es einfach!«

»Es ist ja auch für dich mehr Arbeit«, gab Ella zu bedenken. »Hundearbeit.«

»Bin nicht in der Gewerkschaft«, grummelte Rudi. »Mir reicht ein schönes Schweineohr als Belohnung. Und nun hör endlich auf, nach Ausreden zu suchen.«

Also schrieb Ella ihr erstes Seminar aus. Es meldeten sich über hundert Interessenten aus ganz Deutschland und sogar einige aus Österreich und der Schweiz.

»Hilfe, was mache ich denn jetzt?«, jammerte sie. »So viele kann ich doch gar nicht gleichzeitig nehmen!«

»Rechnen kannst du besser als ich, aber warum machst du nicht mehrere Seminare?«, schlug Rudi vor. »Am Wochenende Seminare, und in der Woche hast du deine Kunden und die Drehs.«

Also fragte Ella bei Mandy gleich mehrere Wochenenden an. Sie hatte sich entschlossen, pro Seminar maximal sechs Teilnehmer zu akzeptieren. Nicht, weil sie Exklusivität vermitteln wollte, sondern weil sie sich bewusst Zeit für jeden einzelnen nehmen wollte. Nicht so wie Gabi, die unter zehn Teilnehmern gar nicht erst anfing.

Außerdem hatte Ella die Idee gehabt, ihre Seminargruppen nach der Rasse und dem Charakter der Hunde zusammenzustellen. Rudi hatte die Idee begeistert aufgenommen. »Das macht es auch für dich einfacher, wenn dann nicht ein Rehpinscher neben einem Rottweiler sitzt.«

»Du hast recht, das wäre sicher keine gute Publicity, wenn ein Hund einen anderen während meines Seminars versehentlich für Spielzeug oder Futter hält«, stimmte Ella zu.

Vorsichtshalber entschied sie sich trotzdem, das erste Seminar als Testseminar laufen zu lassen. Mandy und Rover sowie vier Interessentinnen, die sie persönlich kannte und deren Hunde ungefähr zusammen passten, waren die erste Testgruppe.

»Anreise, Unterkunft und Verpflegung müsst ihr natürlich zahlen, aber das Seminar ist kostenlos«, hatte Ella verkündet. Zum Dank hatten die Frauen versprochen, ihr detailliertes Feedback zu geben, damit sie ihre zukünftigen Kurse gegebenenfalls anpassen konnte.

*

»Sie sind ja inzwischen eine richtige Berühmtheit«, begrüßte Martin Ella, als sie und Rudi am Freitagmittag aus dem Auto stiegen.

»Ach, nicht wirklich, ich bin da nur so reingerutscht«, entgegnete Ella verlegen.

»Doch, doch, Sie haben wirklich Talent. Wir haben jede Folge gesehen.« Er guckte ein bisschen verlegen zu Boden, als würde er sich schämen, das zuzugeben. »Besonders gut hat uns der Boxer, der sich hinter dem Ohr kratzte, gefallen. Das war lustig, aber trotzdem sympathisch. So etwas kann man sich gar nicht ausdenken. Manchmal ist dieses Dokutainment ja von hinten bis vorne gefakt, aber bei Ihnen hat man schon das Gefühl, dass es echt ist.«

Ein Kompliment? Von Martin? Wenn er jede Folge gesehen hatte, dann hatte er beim letzten Mal auch schon gewusst, was sie tat. Warum sprach er sie erst jetzt darauf an?

»Also, die Fälle werden schon vorher besprochen, und ich lerne die Halter auch vor dem Dreh schon kennen«, gab Ella zu. »Das ist wichtig, damit man merkt, ob die Chemie stimmt, und ob der Fall etwas hergibt fürs Fernsehen. Aber abgesehen davon habe ich kaum Vorgaben. Sie lassen mir da wirklich viel Freiraum.«

»Das ist schön«, sagte Martin. »Wir haben übrigens auch einen neuen Hund. Ein Bernhardudel.«

»Ein was?«

»Ein Mischling zwischen Bernhardiner und Pudel.«

»Wie ist das denn gegangen?«, fragte Ella entgeistert.

»Wo die Liebe hinfällt, nehme ich an …«

Wie er so von Liebe sprach, wurde Ella ganz warm ums Herz. »Na, da bin ich ja mal gespannt. Wollen Sie mit ihm auch teilnehmen? Ich hätte noch einen Platz frei.«

Aber Martin schüttelte den Kopf. »Mandy freut sich schon so darauf, ich gönne ihr die Auszeit. Sie schwärmt schon seit

Wochen von Ihnen. Ich muss mich derweil um den Betrieb kümmern.«

»Na ja, vielleicht bei einem der nächsten Seminare. Wenn Sie mich überhaupt weiter herkommen lassen?«, fügte Ella vorsichtig hinzu.

»Aber natürlich, warum denn nicht?«

»Na, weil Sie doch nicht auf so esoterisches Zeugs stehen, hatten Sie mal gesagt.«

»Aber Sie sind doch keine Esoterikerin, Sie sind Hundeversteherin. Mandy ist schon ganz gespannt, ob das bei ihr und Rover auch klappt.«

Dann zeigte er ihr seinen Bernhardudel, der tatsächlich Bernhardudel hieß. Er war noch recht jung, gerade einmal vier Monate, aber schon ziemlich groß.

»Der Name ist furchtbar und viel zu lang. Ich heiße Hardy«, sagte der Bernhardudel, als Ella ihn begrüßte.

»Warum nennen Sie ihn nicht Hardy? Ich finde, das passt viel besser zu ihm«, schlug Ella Martin vor.

»Hardy? Hmmm. Ja, klingt eigentlich nicht schlecht.« Er probierte den Namen ein paar Mal aus. »Hardy. Sehr schön. Dann heißt du ab heute Hardy.«

»Danke«, flüsterte Hardy Ella zu.

»Wie versteht er sich denn mit Rover?«

»Rover sucht noch nach seinen väterlichen Gefühlen, nehme ich an.«

Eine nette Umschreibung dafür, dass Rover seinen jüngeren Rivalen wohl noch nicht anerkannt hatte. »Das wird schon. Ich werde Mandy zeigen, wie sie mit beiden kommunizieren kann.«

»Das wäre wirklich nett von Ihnen.«

Ella überlegte, ob sie Martin das Du anbieten sollte, aber da er der Ältere war, fand sie, dass ihr dies nicht zustand.

Bei Mandy hatte sie diese Probleme natürlich nicht, und

auch die anderen Kursteilnehmer duzten sich sofort wie selbstverständlich. Da Ella bei diesem Kurs alle Teilnehmerinnen bereits kannte, war sie relativ locker und bekam entsprechend positives Feedback. Am Ende des Wochenendes stand das Konzept für ihren zukünftigen 2-Tage-Kurs, und Ella war zufrieden. Die Teilnehmer ebenfalls.

»Das war echt eine gute Mischung aus Theorie und Praxis, und vor allem für jeden geeignet«, lobte Mandy. »Ich finde es übrigens toll, dass Rudi mithilft, und dass jeder mit seinem eigenen Tier üben kann. Das war bei Gabi ganz anders.«

Gabi hatte wie eine dunkle Wolke über Ellas Aufenthalt hier gehangen. »Ich würde wirklich gerne regelmäßig kommen, abwechselnd am Wochenende und unter der Woche«, besprach sie mit Mandy, die für die Reservierungen zuständig war. Nach wie vor wunderte Ella sich, dass so eine verantwortungsvolle Aufgabe von einem Teenager erledigt wurde. »Aber eine große Bitte habe ich: bitte nicht gleichzeitig mit Gabi.«

»Kein Problem, Gabi wird nicht mehr herkommen«, antwortete Mandy sofort.

Ella stutzte. »Wegen mir?«

Doch Mandy grinste und winkte ab. »Nee, wegen Gabi. Die Frau ist ja nicht zum Aushalten. Ich habe meinem Vater klipp und klar gesagt, dass sie geschäftsschädigend ist und wir besser damit fahren, auf dich zu setzen.«

»Oh«, sagte Ella überrascht und etwas verschämt. »Ja, wenn das so ist … Wie oft dürfte ich denn hier Kurse anbieten?«

»Von mir aus 365 Tage im Jahr.« Mandy klappte das Reservierungsbuch zu. »Das wäre doch cool, dann könntest du hier wohnen. Wir haben ein schönes Appartement im Dachgeschoss des Nebengebäudes. War eigentlich als Ferienwohnung gedacht, aber wer kommt schon hierher, wenn er kein Seminar gebucht hat?«

»Da hat Gabi aber nicht gewohnt, oder?«, erkundigte Ella sich vorsichtshalber.

»Nein, das Appartement ist erst letzte Woche fertig geworden. Überleg's dir. Ich würde dir auch einen Sonderpreis machen, auf Monatsbasis. Dann kannst du einen Teil deiner Sachen hier lassen und musst nicht immer alles hin und her schleppen. So groß ist dein Auto auch nicht. Und die Treppenstufen haben wir extra flach gemacht, für alte Leute, aber für Rudi ist das auch besser.«

»Ihr habt ja wirklich an alles gedacht«, sagte Ella überrascht. »Du bist eine wirklich geschäftstüchtige junge Frau.«

Mandy strahlte. »Habe ich von meiner Mama. Mein Papa ist ja eher so der kreative Chaosmensch, aber zumindest versteht er was von Landwirtschaft und Renovierungen. Nur, wie man einen Seminarbetrieb führen muss, davon hat er keine Ahnung.«

Ella hielt es für unhöflich, das zu kommentieren. Anscheinend oblag die kaufmännische Seite des Seminarbetriebs komplett den Frauen.

Mandy zeigte ihr noch das Appartement, das aus einem großen Raum, der gleichzeitig Wohn- und Schlafzimmer war, bestand. In einer Ecke gab es eine Mini-Küchenzeile. Der Duschvorhang im Bad war orange.

»Du kannst es dir ja überlegen. Papa bekomme ich schon rum, wenn ich ihm erzähle, wie viel Geld wir mit dir machen können.«

Ella hustete verlegen. Wollten die sie etwa ausnehmen wie eine Weihnachtsgans?

»Nicht von dir, durch dich!«, korrigierte Mandy sich. »Stell dir mal vor, wenn du jede Woche drei 2-Tages-Seminare mit jeweils sechs Leuten gibst, wäre das Haus schon zu einem Drittel dauerbelegt!«

Ella ließ sich Mandys Angebot in den nächsten Tagen

durch den Kopf gehen. Drei Seminare pro Woche waren ihr definitiv zu viel, da sie auch noch ihre andere Arbeit hatte. Aber regelmäßig ein Seminar pro Woche konnte sie sich durchaus vorstellen.

»Ziehen wir dann auf den Hof?«, fragte Rudi hoffnungsvoll, dem Berlin mit seinem Verkehr und ständigem Lärm gar nicht so gut gefiel, wie Ella ursprünglich gedacht hatte.

»Nein, wir werden erst einmal pendeln. Ich weiß noch gar nicht, wie sich das alles entwickelt. Außerdem habe ich weiterhin Klienten in Berlin.«

Doch wie sich herausstellte, verlagerte sich Ellas Kundenkreis immer mehr deutschlandweit. Dagmar überredete sie, eine dritte Staffel zu drehen, diesmal nicht nur in Deutschland, sondern auch in Österreich und der Schweiz. Zunächst hatte Ella befürchtet, dass dies bei ihren vielen Seminar- und anderen Terminen gar nicht möglich wäre, aber das Team war inzwischen eingespielt und koordinierte die Drehs so geschickt, dass sich die Einsätze fast wie Urlaub anfühlten. Diesmal hatten sie unter anderem einen tauben Hund dabei, mit dem Ella und Rudi dennoch kommunizieren konnten, sodass Ella sich damit ungeplant eine zusätzliche Zielgruppe erschloss.

»Wenn das so weitergeht, brauchen wir die Wohnung in Berlin bald wirklich nicht mehr, weil ich entweder in Brandenburg oder in irgendwelchen Hotelzimmern bin«, sagte Ella zu Rudi.

Doch der interessierte sich nicht für irgendwelche Hotelzimmer. »Nichts für ungut, aber ich freue mich nach getaner Arbeit auf ein gemütliches Zuhause, und Berlin ist es nicht.«

Natürlich verstand Ella, was Rudi damit sagen wollte, doch vorerst hielt sie an ihrer Mietwohnung fest. Durch die Fernsehsendungen und daraus folgenden Deals hatte sie zwar viel Geld verdient, war sich aber bewusst, dass dies nicht ewig weitergehen konnte: Irgendwann würden die Zuschauer ihrer sicher überdrüssig werden. Doch noch schien es nicht so weit zu sein, die Redaktion dachte sogar schon über eine vierte Staffel nach.

»Ich finde es gut, dass Sie das Ganze realistisch betrachten«, sagte Martin auf einem ihrer Spaziergänge. Die Hunde waren wie immer vorausgerannt, und inzwischen hatte Ella auch keinerlei Bedenken mehr, dass Rudi verloren gehen könnte – er kannte sich inzwischen in der Umgebung des Gutshofs besser aus als sie. »Ruhm ist vergänglich.«

»Aber ich mache es wirklich nicht wegen des Ruhms, sondern weil ich Menschen helfen möchte!«, beteuerte Ella.

»Ja, das merkt man auch. Sie wirken im Fernsehen sehr authentisch.«

Nur im Fernsehen?, dachte Ella, verschluckte die Bemerkung aber gerade noch rechtzeitig.

»Solange Sie sich selbst versprechen, aufzuhören, wenn es Ihnen oder Rudi nicht mehr gefällt … Wir schauen Ihnen immer gerne zu.«

Ella freute sich über seine Worte und über die gemeinsamen Spaziergänge, wenn sie sich zufälligerweise trafen. Wenn sie darüber nachdachte, trafen sie sich eigentlich immer häufiger.

»Du hast ja echt 'ne lange Leitung, als ob Rover und Hardy zum Spazierengehen raus müssten, die können sich doch den ganzen Tag lang frei bewegen«, meinte Rudi kopfschüttelnd.

»Du meinst …?«, fragte Ella.

»Du glaubst mir doch eh nicht, aber meinen kann ich schon, oder etwa nicht?«

Ella, die keinen Nerv auf philosophische Diskussionen mit einem Spackel hatte, träumte lieber von Martin.

*

Nachdem die vierte Staffel abgedreht und eine fünfte in Planung war, überlegte Ella sich mit Blick auf ihren Kontostand ernsthaft, sich ein Häuschen auf dem Land in der Nähe des Gutshofs zu kaufen und sich, zumindest was ihre Fernsehkarriere betraf, zur Ruhe zu setzen.

»Wozu ein eigenes Häuschen, wenn wir doch auf dem Gutshof wohnen können?«, fragte Rudi missbilligend.

»Das Appartement ist auf Dauer zu klein, und ich möchte Martin nicht durch meine ständige Anwesenheit zur Last fallen«, gab Ella zu bedenken. Und seiner Familie, setzte sie in Gedanken hinzu.

»Dass ihr Menschen immer alles so kompliziert machen müsst!«

Ella begann trotzdem, nach einem zwischen Berlin und dem Gutshof gelegenen Häuschen zu suchen. Es gab zwar einige, die bezahlbar waren, aber so heruntergekommen, dass sie angesichts des bevorstehenden Renovierungsaufwandes schier verzweifelte.

»Ich kann das nicht selbst machen«, sagte sie frustriert zu Rudi, als sie von der Besichtigung eines weiteren Hauses zurück kamen. »Ich habe einfach viel zu wenig Ahnung davon. Da geht bestimmt alles schief, oder ich werde übers Ohr gehauen.«

»Schön, dass du so positiv denkst«, knurrte Rudi. »Frag doch Martin, der kann das.«

»Nein, damit kann ich ihm nicht auch noch zur Last fallen, der arme Mann hat schon genug zu tun!«, widersprach Ella heftig.

»Wenn du es nicht tust, tue ich es.«

Ella, die darauf vertraute, dass Martin nicht mit Rudi würde kommunizieren können, vergaß das Gespräch. Zumindest, bis Martin ein paar Tage später von sich aus auf sie zukam.

»Ich habe gehört, Sie tragen sich mit dem Gedanken, hier in der Nähe eine Immobilie zu erwerben?«

Immobilie klang so hochgestochen. »Nur ein kleines Häuschen, für mich und Rudi. Aber leider war alles, was wir uns bisher angesehen haben, hoffnungslos heruntergekommen.«

»Nun, das ist hier in der Gegend öfters so. Auch dieser Hof war verfallen, als ich ihn übernahm. Wie Sie sehen, kann man mit ein bisschen Zeit und Geld einiges daraus machen.«

Wenn man Mandy glaubte, war es mit ein bisschen Zeit und Geld nicht getan. Das klang schon eher nach einer Lebensaufgabe. »Ich habe einfach keine Ahnung von Renovierungen und allem, was damit zusammenhängt.«

»Nun, ich könnte Ihnen vielleicht ein bisschen helfen.« Martin schaute Ella nicht an, während er dies sagte.

»Woher wissen Sie eigentlich, dass ich mich nach etwas umschaue?«, fragte sie, plötzlich misstrauisch.

»Mandy hat es mir erzählt. Das Appartement sollte ja nur eine Übergangslösung sein, es ist ja eigentlich als Ferienwohnung oder für die Seminarleiter gedacht.«

Mandy hatte es ihm erzählt? Woher wusste die das denn? Rudi!, schoss es Ella durch den Kopf. Mandy und er konnten natürlich miteinander kommunizieren, sie hatte es ihnen schließlich selbst beigebracht.

Dann kamen Martins Worte bei ihr an. Übergangslösung? »Es tut mir schrecklich leid, ich wusste nicht, dass das von Ihnen nur für den Übergang gedacht war. Ich werde mich natürlich schnellstmöglich nach einer neuen Bleibe umsehen, um Ihnen nicht zur Last zu fallen.«

»Nein, so war das doch gar nicht gemeint!« Er blickte Ella immer noch nicht an, ballte aber die Hände zu Fäusten. »Ich meine, Sie können selbstverständlich so lange hier wohnen bleiben, wie Sie möchten. Wenn Sie unbedingt etwas Eigenes finden möchten, dann helfe ich Ihnen aber gerne dabei. Auch bei der Renovierung.« Jetzt hob er doch den Kopf und sah sie an. Ella bemerkte, dass seine Augen zwar von Lachfältchen umgeben waren, aber dennoch traurig aussahen. »Ella, könnten Sie sich vorstellen, für immer hier zu wohnen?«

Für immer? Was würde seine Frau dazu sagen? »Nein, könnte ich nicht«, antwortete sie traurig und schaute nun ihrerseits weg.

»Oh. Schade.« Martin, der stehengeblieben war, ging mit schnellen Schritten weiter, sodass Ella fast rennen musste, um mit ihm Schritt zu halten.

*

»Wäre das vielleicht etwas für Sie?« Martin schob Ella den Anzeigenteil der örtlichen Zeitung zu. Sie saß im Speiseraum am Frühstückstisch. Im Laufe des Vormittags würden ihre Seminarteilnehmer abreisen, die noch eine Nacht geblieben waren, und so lange wollte auch Ella noch bleiben. »Ich habe es mir schon im Internet angeschaut. Sieht nicht schlecht aus. Das Angebot ist ganz neu, erst heute Morgen online gegangen. Etwa zwanzig Minuten mit dem Auto von hier. Wenn Sie noch Zeit haben, können wir vorbeifahren.«

Ella warf einen Blick auf den etwas nichtssagenden Anzeigentext und das verschwommene, kleine Schwarzweiß-Foto. »Könnte ich es mir eventuell vorher im Internet anschauen?«

»Natürlich. Kommen Sie einfach vorbei, wenn Sie hier fertig sind.«

Ella zögerte. »In Ihr Büro?«

»Ich hatte an meinem Laptop im Wohnzimmer geschaut. Da ist die Seite noch gespeichert. Am Büro vorbei den Gang runter.«

Er lief so schnell in die angegebene Richtung, dass Ella gar keine Chance hatte, zu widersprechen.

Nachdem sie sich von den letzten Seminarteilnehmern verabschiedet hatte, ging sie Richtung Büro. Bisher war sie noch nie in dem privaten Bereich gewesen. Die Bürotür stand halb offen, das Büro selbst war aber leer. Dahinter befand sich eine geschlossene, weiß gestrichene Holztür, die wie eine normale Zimmertür aussah. Sie klopfte leise.

»Herein!«, rief Martin von drinnen. Er saß an einem Holztisch am Fenster. Der Rest der Einrichtung bestand ebenfalls aus alten, aber liebevoll restaurierten Holzmöbeln sowie einem Sofa, auf dem Rover und Hardy lagen.

Martin rückte den Laptop ein Stück in Ellas Richtung, sodass sie den Bildschirm besser betrachten konnte. Neben dem Laptop stand ihre Tonschale, in der Obst lag. »Was halten Sie davon?«

Ella lenkte ihren Blick von der Obstschale auf das Immobilienobjekt, das wie ein verwunschenes Hexenhäuschen aussah. »Es sieht nett aus«, antwortete sie zögernd.

»Wenn Sie möchten, können wir es gleich besichtigen. Ich habe eben angerufen.« Er wirkte so enthusiastisch, dass Ella es nicht wagte, nein zu sagen.

»Also schön«, stimmte sie zu. »Können wir Rudi mitnehmen? Schließlich muss er sich dort auch wohlfühlen.«

»Selbstverständlich. Ich schlage vor, wir fahren mit meinem Auto. Ich kenne ein paar Schleichwege.«

Sein Geländewagen war so hoch, dass Ella Rudi hinein heben musste. Martin fuhr über Feld- und Waldwege. Jetzt verstand sie, warum er einen Geländewagen fuhr: Ihr eigener Wagen wäre vermutlich im Schlamm versackt.

»Das ist hier aber wirklich sehr ländlich«, meinte sie zweifelnd.

»Oh, das ist eine Abkürzung. Man kann auch über die

normalen Straßen fahren, dann dauert es aber doppelt so lange.«

Schließlich, nachdem sie alle drei ordentlich durchgerüttelt waren, hielt er vor einem Häuschen mitten auf einem freien Stück Wiese. Der Wind blies ordentlich.

»Sehr freistehendes Einfamilienhaus«, stellte Ella mit leichtem Zweifel fest und nahm Rudi auf den Arm, damit der nicht weggeweht wurde.

»Kommen Sie, solange der Makler noch nicht da ist, können wir es schon einmal von außen besichtigen.« Martin ging bereits auf das Haus zu.

Ella folgte ihm. Einen Gartenzaun oder eine Mauer gab es nicht. Die Haustür war windschief, aber verschlossen.

Rudi schnüffelte. »Das Fundament ist feucht.«

»Martin? Rudi denkt, dass das Fundament feucht ist«, rief Ella ihm hinterher. Als er nicht antwortete, ging sie um das Haus herum. Er stand dahinter und betrachtete ein paar Fensterrahmen mit zerbrochenen Glasscheiben, die an der Hauswand lehnten. Dafür konnte man ungehindert durch die offenen Löcher, in denen einmal die Fenster gewesen waren, ins Haus schauen.

»Oh, das ist aber sehr luftig«, kommentierte Ella verunsichert. »Es hat auch ordentlich reingeregnet. Wollen wir auf den Makler warten oder lieber gleich zurückfahren?«

»Nein, ich dachte, wir klettern hier rein, wo wir schon mal da sind.« Martin grinste sie unternehmungslustig an.

Ella betrachtete seine Jeans, ihre Jeans, den Einstieg und entschied sich wider alle Vernunft für ein spontanes »Warum nicht«.

»Ich will zuerst!«, kläffte Rudi, und Ella hob ihn vorsichtig hoch, bis er aus ihren Armen auf den Fußboden springen konnte. Dann kletterten Ella und Martin hinterher.

Das Wohnzimmer, in dem sie standen, war klein. Die

Tapete kam von den Wänden, die Holzdielen waren verdreckt und voller Wasserflecken. Der Raum nebenan sah aus, als wäre er einmal eine Küche gewesen, die jedoch herausgerissen worden war.

»Oh je«, sagte Ella angesichts des Drecks und Schmutzes. »Es riecht auch schimmelig. Ich glaube nicht, dass das etwas für uns ist.«

Martin nickte zustimmend. »Ich denke, das Obergeschoss können wir uns sparen?«

Ella warf einen Blick auf die Holzstufen, die wenig vertrauenserweckend aussahen. »Ja, bitte.«

Doch sie hatte die Rechnung ohne Rudi gemacht, der plötzlich an ihnen vorbei die Treppe hoch raste und oben laut bellte. In sein Bellen mischte sich ein weiteres.

»Hunde?«, sagten Ella und Martin gleichzeitig und schauten sich an. Dann liefen sie ebenfalls so schnell sie konnten die Treppe hoch, die glücklicherweise nicht unter ihrem Gewicht zusammenbrach.

Oben lag, in der Ecke eines Zimmers, eine Golden Retriever Hündin mit fünf sehr jungen Welpen.

»Sind die süß!« Ella bekam leuchtende Augen. Die Hündin hingegen knurrte warnend.

»Ist ja gut, wir tun dir doch nichts!«, versuchte Ella sie zu besänftigen. »Wie heißt du denn?«

»Locke«, antwortete die Hündin. »Du kannst mit mir reden?«

»Klar«, antwortete Ella. Die Hündin war abgemagert, als ob sie längere Zeit nichts gefressen hatte. »Können wir dir irgendwie helfen?«

»Ach, ich will meine Kinder nicht alleine lassen, aber hier gibt es kein Futter und Wasser.«

»Nun, wir können dir zwar etwas bringen, aber gleich kommt jemand, dem das Haus gehört. Wieso bist du überhaupt hier?«

»Meine Menschen haben mich zurückgelassen, als sie weggezogen sind. Konnten in ihre neue Wohnung keinen so großen Hund mitnehmen, haben sie gesagt, und meine Kinder erst recht nicht.«

Ella zog sich der Magen zusammen. Sie hatte schon schlimme Geschichten gehört, wo Besitzer ihre Tiere in der Wohnung eingeschlossen zurückließen, bis diese vor Entkräftung starben. Aber dass sie selbst einmal auf so einen Fall stoßen könnte, hätte sie nicht gedacht. »Du Arme. Möchtest du zu uns kommen?«

Die Hündin blickte auf. »Du würdest uns wirklich mitnehmen? Uns alle?«

»Martin, was denkst du, können wir sie mitnehmen?«, zischte Ella Martin zu, den sie in der Aufregung duzte. »Ich komme auch für das Futter auf. Die Arme ist so abgemagert, wir müssen ihr und ihren Welpen helfen.«

»Dann lass uns schnell machen, bevor der Makler kommt. Meinst du, wir können die Welpen tragen? Ich will nicht, dass sie denkt, dass wir ihrem Nachwuchs etwas antun.«

»Kannst du alleine laufen, dann tragen wir deine Kinder?«, fragte Ella die Hündin.

Locke erhob sich zitternd. Ella griff sich zwei Welpen und nahm sie auf den Arm, Martin nahm die anderen drei. Zusammen stiegen sie die Treppe hinunter. Von innen ließ sich die Haustür problemlos öffnen, sodass sie nicht wieder durchs Fenster klettern mussten. Sie hoben alle Hunde ins Auto, wo Rudi sich direkt an Locke kuschelte.

Martin warf einen Blick auf seine Armbanduhr. »Ich denke nicht, dass der Makler noch kommt. Lass uns zurück fahren, dann können wir uns um die Hunde kümmern.«

Ella nickte und stieg ein. Diesmal fuhr Martin die Landstraße entlang, was zwar, wie er gesagt hatte, länger dauerte, aber eine wesentlich ruhigere Fahrt bedeutete.

»Oh, wie süß!«, rief Mandy, die gerade über den Hof ging, kaum dass sie die Heckklappe geöffnet hatten und Ella den ersten Welpen auf den Arm nahm, während Martin Locke aus dem Kofferraum hob.

»Eine unterernährte Golden Retriever Hündin und fünf Welpen«, kommentierte Ella knapp. »Sie braucht Wasser, Futter, Ruhe und ein gemütliches Lager. Wir können sie zu mir bringen, wenn ihr nichts dagegen habt.«

»Oh nein, Papa, die kommen zu uns ins Wohnzimmer, nicht wahr?«

»Ins Wohnzimmer nicht, da ist es zu unruhig. Aber wir können sie im Wintergarten einquartieren, der ist neben dem Wohnzimmer.« Den letzten Satz sagte er zu Ella. »Mandy, kannst du einen großen Hundekorb und ein paar Decken besorgen, und Näpfe mit Futter und Wasser?«

Während er und Ella die Hunde in den Wintergarten brachten, bereitete Mandy in einer Ecke ein gemütliches Lager für Locke vor. Die trank erst einmal ausgiebig und ließ sich dann mit einem Seufzen nieder. Mandy legte die Welpen um sie herum und Locke begann sofort, sie der Reihe nach abzulecken.

»Magst du eine Weile hier bei ihr bleiben? Vielleicht kannst du sie dazu bringen, etwas zu fressen«, sagte Ella mit Blick auf Mandy, die vollkommen fasziniert vor den Hunden kniete. Rudi hatte sich dezent im Hintergrund gehalten, genau wie Martin.

»Klar, mach ich. Darf ich sie streicheln?«

»Frag sie doch«, sagte Ella und lächelte, als Mandy sich sofort in stummer Zwiesprache zu der Hündin vorbeugte.

»Ich habe eben den Makler angerufen und abgesagt. Er hatte sich verspätet, es jedoch nicht für nötig befunden, uns zu informieren«, sagte Martin.

»Danke.« Ella sah sich nach Rudi um, der sich zu Rover und Hardy aufs Sofa gelegt hatte. »Rudi, komm! Wir müssen gehen.«

Doch Rudi rührte sich nicht.

»Bleib doch noch zum Essen«, sagte Martin schnell. »Wir können uns was vom Buffet holen und hier essen, dann ist Locke auch nicht so alleine.«

Ella, die schon ablehnen wollte, überlegte es sich bei seinem letzten Satz anders. Sie wollte schon vier Schalen Suppe holen, weil sie dachte, nun endlich einmal Martins Frau kennenzulernen, aber er stellte nur drei Teller auf den Tisch, deshalb holte Ella nach kurzem Zögern auch nur drei Schalen Suppe.

»Können wir sie behalten, Papa? Bitte!«

Martin zupfte bedächtig ein Stück Brot in Stücke. Das leckere selbstgebackene Brot, vor dem Birgit sie am ersten Abend noch so gewarnt hatte, dachte Ella mit einem Lächeln. Seitdem war viel passiert.

»Zuerst müssen wir klären, ob sie nicht jemandem gehört.«

»Nein, sie wurde zurückgelassen«, beruhigte Ella Mandy. »Rudi ist mir auch zugelaufen.«

»Ich werde das klären.« Martin schob seine Suppenschale beiseite.

Ella platzte das erstbeste heraus, was ihr in den Kopf kam: »Wird deine Frau denn auch einverstanden sein?«

»Meine Frau?« Jetzt hatte sie seine volle Aufmerksamkeit.

Ella hatte den Eindruck, einen Fehler gemacht zu haben, aber niemand klärte sie darüber auf, welcher Art dieser Fehler war. Selbst die drei Hunde auf dem Sofa hatten ihre Köpfe gehoben und die Ohren gespitzt, blieben aber mucksmäuschenstill.

»Die hätte bestimmt nichts dagegen gehabt«, antwortete Mandy und schaufelte resolut Salat in sich hinein. »Sie mochte Hunde.«

»Aber selbst wenn die Hunde keinen rechtmäßigen Besitzer haben, alle fünf Welpen werden wir nicht behalten können. Das schlag dir gleich mal aus dem Kopf.«

»Aber einen?«, fragte Mandy hoffnungsvoll.

Der Moment war vorbei. Martin nickte bedächtig. »Vielleicht einen.«

*

Locke durfte also bleiben. Ella war nicht wie geplant nach Berlin zurückgefahren, sondern ebenfalls geblieben. Jeden Tag besuchte sie die Hündin und ihre Welpen, die von Tag zu Tag größer und kräftiger wurden. Martins Frau bekam sie in all dieser Zeit trotzdem nicht zu Gesicht.

»Frau? Mich besucht außer dir und Mandy keine Frau«, sagte Locke und leckte einen ihrer Welpen ab.

»Frau? Welche Frau?«, fragte Hardy und sprang vom Sofa, um mit Ella zu spielen.

»Keine Frau«, knurrte Rover und machte sich alleine auf dem Sofa breit.

»Du bist die beste Frau weit und breit«, schmeichelte Rudi ihr.

Aber das half Ella alles nichts. Martins Frau blieb als bedrohlicher Schatten im Hintergrund. Alleine dadurch, dass sie sich nie blicken ließ, verunsicherte sie Ella. Welchen Grund es wohl dafür gab? Ob sie krank war und sich deshalb zurückzog?

»Ich kann gerne mal den Gutshof durchsuchen«, bot Rudi an, aber Ella schreckte vor solchen Maßnahmen zurück. »So was macht man nicht!«

Trotzdem wunderte sie sich, dass weder Rover noch Hardy etwas sagten. Fast, als hätten die Hunde sich gegen sie verschworen.

»Suchst du eigentlich weiterhin nach einem eigenen Häuschen?«, fragte Martin eines Tages, als sie um den See spazieren gingen. Die Hunde waren wie immer vorausgejagt.

»Wieso, hast du ein neues Objekt gefunden?«

»Ich habe mit Mandy gesprochen, und wir dachten … also, falls du willst … Du kannst gerne hier wohnen bleiben.«

»Das ist wirklich sehr freundlich, aber darüber hatten wir doch schon einmal gesprochen. Das Appartement war nur als vorübergehende Lösung gedacht«, entgegnete Ella.

»Nun, wir hatten auch nicht an das Appartement gedacht«, druckste Martin herum. »Wir haben ein Nebengebäude, das noch nicht renoviert ist. Eigentlich hatten wir gedacht, dass wir es eines Tages selbst nutzen würden, aber nachdem wir den Gutshof renoviert hatten, blieb kein Geld für einen weiteren Ausbau übrig, deshalb sind wir ins Haupthaus gezogen.«

»Du meinst, ich könnte das Nebengebäude renovieren und dort einziehen?«, fragte Ella.

»Wenn du möchtest. Groß genug ist es auf jeden Fall.«

Irgendetwas schien Martin zu bedrücken. »Ist es dir peinlich, mich auf Dauer hier zu haben, oder peinlich, dass du mich um Geld bittest?«, fragte Ella.

Martin wurde rot. »Wir hatten gedacht, es aus eigener Kraft zu schaffen. Aber in den letzten Jahren hat alles so viel Kraft, Mühe und Geld gekostet …«

Ella blieb stehen und sah Martin an. Er hatte immer noch schöne Zähne, aber das nette Lächeln zeigte er nur noch selten. »Könnt ihr den Gutshof finanziell nicht mehr halten?«

Martin betrachtete verlegen seine Schuhspitzen. »Ja, wir haben finanzielle Probleme, obwohl deine Seminare so gut laufen. Aber Mandy ist zu jung, um sich um ihren alten Vater und einen Seminarbetrieb sorgen zu müssen. Wir werden den Gutshof wohl verkaufen müssen.«

»Mandy scheint mir eine sehr kompetente, realistische

junge Frau zu sein«, antwortete Ella. »Aber die letztendliche Entscheidung, wie ihr vorgeht, sollten du und deine Frau gemeinsam treffen.«

»Meine Frau?« Jetzt sah er sie doch an.

»Ja, deine Frau«, nickte Ella. »Sie wird doch ein Mitspracherecht haben, oder nicht?«

»Meine Frau ist vor zwei Jahren gestorben.«

»Was?« Plötzlich machte alles Sinn: Dass Ella sie nie gesehen hatte, dass Mandy schon so viel mitarbeitete, dass die Hunde nie über sie sprachen. »Das tut mir leid, das wusste ich nicht.«

»Sie hatte Krebs. Wir hatten den Gutshof gerade gekauft, als sie die Diagnose bekam. Vieles von dem Geld, das wir für die Renovierung eingeplant hatten, ist für ihre Behandlung draufgegangen. Bedauerlicherweise hat es trotzdem nicht geholfen.« Er schwieg.

Ella schwieg auch. Was sollte sie auch sagen?

Plötzlich kam Rudi angerannt. »Na los, sag ihm, dass wir hierbleiben wollen!«, drängte er.

Rover und Hardy kamen hinterher gerannt und sahen Ella ebenfalls erwartungsvoll an.

»Nun, ich habe ein bisschen Geld«, begann Ella zögernd. Die Erwähnung von Geld kam ihr plötzlich völlig unpassend vor. »Aber ich bin damit nicht wirklich glücklich«, fügte sie deshalb schnell hinzu, damit Martin nicht glaubte, dass es ihr nur ums Materielle ging. »Ich würde gerne etwas Gutes damit tun. Rudi und ich sind hier so nett aufgenommen worden …«

»Wir haben dich auch gerne hier, Ella.«

Rover seufzte abgrundtief und schubste Martin ein Stückchen auf Ella zu.

»In welcher Form könntest du dir denn eine eventuelle Zusammenarbeit vorstellen?«, fragte Ella.

Jetzt seufzte auch Rudi abgrundtief und schubste Ella ein Stückchen auf Martin zu.

»Nun, vielleicht könnte man seine Interessen zusammenlegen und ein Joint Venture …«, begann Martin.

Hardy seufzte nicht, sondern warf sich kurzerhand auf Martin, sodass er nach vorne stolperte und Ella direkt in die Arme fiel.

»Hoppla«, murmelte er. »Entschuldige, meine Hunde …«

»Ach, für deine Hunde brauchst du dich doch nicht zu entschuldigen«, murmelte Ella atemlos.

»Das will ich wohl hoffen!«, bellte Rover.

»Würdet ihr beide euch jetzt endlich küssen, damit wir weiterspielen können?«, kläffte Rudi.

Hardy gab Martin einen neuerlichen Schubs, obwohl er und Ella sich schon in den Armen lagen.

»Die Hunde scheinen schon früher gemerkt zu haben, was los ist, als wir …«, kicherte Ella verlegen.

»Ella, willst du mit Rudi bei uns bleiben und uns und unsere Hunde glücklich machen?«, fragte Martin.

»Ja, ich will«, antwortete Ella.

»Meine Güte, was für eine schwierige Geburt«, kommentierte Rudi. »Was bin ich froh, dass ich ein Rüde bin. Sieh nur zu, dass du mich bald zum Großvater machst.«

»Wir könnten gemeinsam das Nebengebäude renovieren, und dort zu dritt einziehen«, sagte Martin, die Arme immer noch um Ella.

»Mit den Hunden«, murmelte Ella, den Blick auf seine Lippen.

»Natürlich, mit den Hunden.«

»Und es stört dich wirklich nicht, wenn ich weiterhin Hundeseminare gebe?«

»Nein, im Gegenteil. Vielleicht melde ich mich selbst mal zu einem an. Solange du Seminare gibst, musst du nicht durch die Welt reisen und kannst hier bei uns bleiben.«

»Ach, so ist das«, murmelte Ella und schmiegte sich an ihn. »Aber ab und zu werden Rudi und ich noch ein bisschen durch die Welt jetten, um das neue Dach über unserem Kopf zu finanzieren.«

Dann küssten sie sich endlich, während Rudi kritisch zusah. Anscheinend schien ihm das, was er sah, zu gefallen, denn er stürmte mit Rover und Hardy voran, um Mandy und Locke Bericht zu erstatten.